U0599181

静 静 致 极

静 静 致 极

静，

人生一极！

静静致极

Silence of the Summit

王静 ／ 著

北京出版集团公司
北京出版社

Photo By Robert

王静

王静（飞雪静静），出生于中国四川资阳，中国户外用品著名品牌探路者联合创始人；登山探险家，9 次登顶 8000 米级山峰（其中 3 次登顶珠穆朗玛峰），143 天完成地球九极（7+2）登山探险项目，被誉为"高山雪莲"；珠峰未来公益基金创始人，社会公益事业推动者。曾荣获"2011 年十大商界青年生活领袖"、"2012 年度十大正能量女性"、2013 年"商界木兰年度人物"、"2014 亚洲品牌十大杰出女性"、2014 年尼泊尔政府授予的"国际登山家"称号等荣誉，并于2015 年荣任"中尼友好大使"。

曾著《静静的山》（简、繁体字版）；拍摄登山纪录片《云端有路》，并入围第 31 届米兰国际体育电影电视节。

主要登山探险纪录

* 第一位无氧登顶海拔 7861 米努子峰的中国人

* 第一位登顶海拔 8051 米布洛阿特峰的中国女性

* 第一位登顶海拔 8156 米马纳斯鲁峰的中国女性

* 第一位登顶海拔 8516 米洛子峰的中国女性

* 第一位从南坡登顶海拔 8844.43 米珠穆朗玛峰的中国大陆女性

* 9 次登顶海拔 8000 米级山峰，其中 3 次登顶海拔 8844.43 米珠穆朗玛峰的中国女性

* 世界上用时最短（143 天）完成挑战地球九极（7+2）登山探险项目

* 世界上最快完成（129 天）地球三极（南北极、珠穆朗玛峰）登山探险项目

* 世界上最快完成（139 天）七大洲最高峰攀登的女性

* 世界上登顶珠穆朗玛峰最晚时间纪录（18:30，2014 年 5 月 23 日）

地球九极（7+2）登山探险项目完成时间记录 [1]

2014 年 1 月 15 日
徒步 1 纬度到达南极点

2014 年 1 月 19 日
登顶南极洲最高峰——文森峰（海拔 4892 米）

2014 年 1 月 31 日
登顶南美洲最高峰——阿空加瓜山（海拔 6959 米）

2014 年 2 月 8 日
登顶大洋洲有争议最高峰——科修斯科山（海拔 2228 米）

2014 年 2 月 15 日
登顶非洲最高峰——乞力马扎罗山（海拔 5895 米）

2014 年 2 月 22 日
登顶大洋洲最高峰——查亚峰（海拔 4884 米）

2014 年 3 月 14 日
登顶欧洲最高峰——厄尔布鲁士山（海拔 5642 米）

2014 年 4 月 8 日
徒步 1 纬度到达北极点

2014 年 5 月 23 日
登顶亚洲最高峰——珠穆朗玛峰（海拔 8844.43 米）

2014 年 6 月 6 日
登顶北美洲最高峰——麦金利山（海拔 6194 米）

2014 年 6 月 13 日
登顶欧洲西部最高峰——勃朗峰（海拔 4810 米）

[1] 山峰海拔以干静登顶证书为依据，珠穆朗玛峰海拔与多数山峰中译名以《世界地图册》（中国地图出版社，2016 年 1 月）为准，文森峰与科修斯科山的山峰中译名尊重约定俗成校法，《世界地图册》上分别为文森山、科西阿斯科山。

徒步 1 纬度
到达北极点 ●

登顶北美洲最高峰
麦金利山 ●
海拔 6194 米

2014 年 1 月 15 日   2014 年 1 月 31 日   2014 年 2 月 15 日

2014 年 1 月 19 日   2014 年 2 月 8 日   2014 年 2 月 22 日   2014 年 3 月 14 日

登顶南美洲最高峰
● 阿空加瓜山
海拔 6959 米

登顶南极洲最高峰
文森峰
海拔 4892 米
●

徒步 1 纬度 ●
到达南极点

登顶欧洲最高峰
● 厄尔布鲁士山
海拔 5642 米

登顶亚洲最高峰 ●
珠穆朗玛峰
海拔 8844.43 米

2014 年 4 月 8 日

2014 年 5 月 23 日　　2014 年 6 月 6 日

登顶非洲最高峰
● 乞力马扎罗山
海拔 5895 米

登顶大洋洲最高峰
● 查亚峰
海拔 4884 米

登顶大洋洲有争议最高峰
● 科修斯科山
海拔 2228 米

143

目 录

序言
静静致极

在美国纽约这座陌生的城市里，我并没有太多孤独感。

窗外飘着 2015 年的第一场大雪，我一个人坐在纽约哥伦比亚大学（下文简称哥大）Alfred Lerner Hall 的 5 层落地玻璃窗前的小圆桌旁。桌上一杯热咖啡，一台电脑，一本笔记本，一堆英文资料和几张杂乱的稿纸……

窗外，哥大图书馆前的大草坪上，过往的学生和老师们，有独自一人戴着耳机，手里拿着书，安静地走向图书馆的；也有三五成群说笑着走过的；还有手牵着手的情侣……分辨不出谁是老师，谁是学生。这里就像一个能量磁场，吸引着世界各路精英聚集，也吸引着我"皈依"。我每天在这里充实着自己。虽然，还是为课堂上老师的"快言快语"而摸不着头脑，还是为根本看不懂作业满纸的英文单词而头痛，我知道，只会两三百个英文单词的我的英文水平，在哥大可能排得上倒数第几，但我的内心却平静而自信。

在哥大学习期间，我的时间安排得井然有序，每天按预设闹钟时间起床和休息，一般早上 6 点 30 分起床，因为经常需要处理一些国内的工作，也往往会打乱日程安排。每天都有课，少则 3 小时，多则 6 小时，如果有活动，时间就会更长。每一次课后都会有"很多"作业，到下一节课，通常都是小组成员围绕各自作业进行讨论。我因为经常看不懂作业要求，一份作业常常需要很久才能完成。刚去时，真就完全看不懂，也完不成，小组讨论时，我不说话坐在那里，完全是听天书啊！一次答不上还勉强说得过去，如果次次都回答不出就太没面子了。因此，我每天都需要花费十几个小时学习。我每天的足迹，就是穿梭于学校和宿舍之间，偶尔也会去附近的纽约中央公园走走。

2014年上半年，我多数时间都在世界7大洲进行我的地球九极登山探险项目。这期间，除了面对一些山峰的攀登难度之外，我发现，最大的困难来自于我的英文水平，因此吃了很多哑巴亏，并造成了一些误解。所以，项目一结束，我就决定到纽约哥大学习英语。这种方式于我，一方面是提升语言水平，另一方面也是一次大休整——从2014年年初开始进行地球九极这种超强度项目直到现在，已经两年了，我的生理周期还没有完全调整过来，这是身体对此种超强度项目的最直接反应。

在纽约学习的前3个月里，我几乎拒绝了所有活动。一个人初来这里，快节奏，全英文，听不懂，看不懂，免不了抓狂："What does it mean?""What is my homework?"我经常搞不懂英文作业是什么，就连日常沟通、打电话、发短信、问老师问题这些简单小事，我都得在手机上查来查去找单词句子，才能囫囵个儿应付。

有一天，在图书馆，我需要打印资料，可是死活也不知道流程怎么弄，去到电脑房，谢天谢地，看到一个"中国人"！

　　"Excuse me，can you help me?"

　　他转头看我一眼，用英文回答："What's up ?"

　　没有准备的我，根本不知道下一句怎么用英文回答。

　　"Oh, I…want to…"

　　我红着脸，把他叫到了我的电脑边，比画了半天，对方才搞明白。原来他根本不是中国人。

　　最糟糕的是，天天都需要吃饭，吃饭都得用英文点餐，我哪里会说那么多?！这个打怵啊！可是，为了锻炼英文，自己还特意不去中餐厅。有一天，我在西餐厅，点了一碗汤面——Noodle Soup，心想，这个应该不错，结果端上来一看，哪里是汤面，就是一碗汤啊，里面几根面条而已。

　　这样尴尬的事情还有一箩筐……

　　初到纽约，在此住了十几年的 Annie 帮我租房子，开车到机场来接我。开始她总是担心我适应不了，经常给我打电话或者发短信，找我吃饭、逛街、聊天。我每次都用最简单的英文回复她："Can you speak English with me? Thanks!"估计她郁闷死了，也许觉得我很无趣。时日久了，她也习惯了，开始主动给我发英语短信。

哥大的东亚研究院有中国的访问学者，他们会定期组织一些人文讲座。其中一位访问学者 Kun 邀请我做讲座，我几次都婉言谢绝了。总算有一天，我有时间约他吃饭，约到哥大的 Barnard College 地下一层的女校食堂，听说这里的饭菜是哥大里最好吃的。见面简短的几句中文寒暄后，我就开始努力用磕巴的英语与他对话。为了赶下午课，这顿自助午餐，只吃了不到一个小时，花了 16 美元。不知道哪来的勇气，我竟然和他说了近一个小时的英语。

在哥大学习几个月后，我对英语没有了恐惧感。但是我知道，要想英语听说读写流畅交流，还需要漫长的时间。

我不急。

哥大归来，我开始尝试马拉松、自由潜水等户外运动，同时也去了一趟地震后的尼泊尔，创立了致力于珠穆朗玛峰（下文简称为珠峰）环境保护和改善夏尔巴生活与教育的珠峰未来公益基金。2015 年年底，我参加了巴黎的联合国气候变化大会，并做了论坛发言。

我很享受慢慢来、一直学的过程：一年，两年，五年，十年，一辈子……

正如，2014 年 6 月 6 日，当我踏上地球九极项目的最后一站——北美洲最高峰麦金利山顶峰时，我意识到，这并不是终点，这是整个项目的最后一步，但也将是我人生新阶段的第一步。

我，一直在路上。

步步至极。

静静致极。

人生从来如此。

引子

生命中，每个人都有出发的冲动，每个人都有挑战的激情，每个人都有成就的梦想。

2007年以前，我爬过的最高处是北京的香山，海拔几百米；2014年以前，我已经8次登顶7座8000米级雪山，包括两次登顶珠峰；我还曾徒步南北极，无氧登顶过努子峰，经历过很多极端状况，在山上遭遇过12级的大风和雪崩，多次直面过死亡。

2014年，我又一次出发上路，而这一次，我给自己设定了一个几乎不可能实现的Crazy目标——

用时最短完成地球九极登山探险项目，刷新之前196天完成此项目的世界纪录。

我需要面对的是，独自连续不间断的"马拉松"式的攀登，第九次攀登8000米级雪山即第三次登顶珠峰，更大的困难是，我糟糕的英语。还有那些无法预估的挑战……

经历过极致的困难，才会看到极致的美景；只有在路上，我们才可能发现原本最初的自己。

人生就是不断寻找与超越自我的旅程。

生命的精彩，不在于你曾经有多少成就，而在于，因为有你——感动过多少人和被多少人感动过。

初心如雪。

路，一直在前方……

我想知道，

生命的长度到底该用什么方式丈量？

初 / 心 / 如 / 雪

南 / 极 / 1 / 纬 / 度

南极洲

南 极 点　South Pole
地理位置：90°S

探索未知之地是人类的天性。唯一真正的
失败，是我们不再去探索。

——［英］欧内斯特·沙克尔顿

>> 2014 年 1 月 1 日。启程日。

爸爸妈妈、小女儿可可、发强和姐姐一家人，到北京首都机场为我送行。

我非常放松，就像要开始一次长途旅行。

大女儿开开没来。临近期末，她说要在家写作业准备功课，她并没有意识到，与以往相比，妈妈的这一次"出差"有什么不同，依然是那么平静。除了自然的拥抱，我们照例相互亲了一下，表示告别。

而我的内心，已掀起千层浪，依依不舍……

地球九极登山探险项目（下文简称为地球九极项目），除了发强，我对家人一直守口如瓶。爸爸妈妈和两个女儿，都不知道我此行的真正目的。我不想让他们为我担心，只说我是去各大洲徒步，做环境考察，没有任何危险，只是这次时间会比较长，当然中途还会回家。而我对发强也说完成此项目对我来说很容易，没有风险。

没想到，一到机场，一大群朋友特意来送行，带了国旗、鲜花、礼物，还有很多祝福。在朋友们看来，一个人要用最短时间完成地球九极这样的项目，夸张点说，是史无前例，理智地评估，也绝对算得上一件千难万险的事情。

从 3 个月前决定做此项目开始，我一直认为，整个项目难度，小于我以前的多座

8000 米级山峰攀登的总体风险（据统计数据显示，完成 8000 米级山峰攀登的登山者的死亡率将近 50%）。因为，除珠峰外，七大洲最高峰中每座山的攀登难度，与攀登单座 8000 米级山峰相比，危险系数小很多，而珠峰我已经登顶过两次。但我也预计，考验和挑战会在其他很多方面，单是全程的英语沟通，对于只有两三百英语词汇量的我来说，就够头疼的，还不算频繁地转换目的地、国际航班转机飞行，与不同登山探险公司和向导打交道，适应各大洲不同地区的气候、风土人情、每一座山峰的秉性脾气……

不管那么多了，就是想试试，看看到底会有什么样的可能性。

如果瞻前顾后，结果一定是什么也干不了。

首次启程，因为需要徒步到极点和连续攀登多座山峰，还计划实时拍摄整个进展过程，我的装备精简再精简，可最后还是带了两大驮包，外加专业摄影器材箱，不得不办理超规行李托运。我随身还背着一个满满登登的 45 升户外背包，大大小小的东西加起来怎么也有两三百件，就是随身背了一个"家"。

在机场，发强叮嘱："多喝水，别上火。"

我心情非常平静，在亲人和朋友的祝福及目送中，走进了首都机场第一道安检口。

没有队友，没有助手，没有翻译，2015 年新年第一天，只身一人，我出发了。

第一站，徒步到南极点。

在飞往香港转机的路上，我感觉蛮轻松的，在飞机上看了一会儿书，小睡了一会儿。结果到香港机场才发现，自己没带插线板！手机、相机、摄像机……那么多东西需要充电，我偏偏忘了带最需要的东西。

香港机场没有内地制式的插线板。我只好买了两个万能国际转换插头暂时代替，又添置了一台电子秤，以便自助称重行李，还添置了一个128G 的大容量小 U 盘，以及电池、包包之类的小东西。

随身背包越来越沉了，不过我不担心，因为，随着行程开始，背包的重量应该可以控制——这一次，一定要以"轻装"的状态前行，即使是我喜欢的书，看过都会随时淘汰。

△ "搬家"

从香港转机开始，行程中都必须讲英语了。我迫不及待地期望着赶紧到达新西兰奥克兰。因为，我盼着和一个能讲英语的人会合——

来自新西兰的户外摄影师 Mark。

Mark 是 Russell（国际登山探险机构 Himalayan Experience 的创始人，也是我这次地球九极项目的总协调人）介绍给我的，说他不仅多次登顶珠峰，还有多年的极限摄影经验。出发前，我和 Mark 在北京只见过一面。他 50 岁出头，给我的第一印象是踏实。他带了一些影像作品来展示，那些展现珠峰高海拔登山的行进镜头，效果十分震撼，虽然 Mark 坦言，其中的一些镜头实际上是在新西兰的冰川地区拍摄的，但我还是非常期待他能出色地完成我的地球九极项目的协助跟拍工作。我当时想，若有一位如此专业摄像人士随行，那记录此次登山探险的视频一定会比我的"业余自拍"更有"大片"的效果。于是，出于对 Russell 的信任，仅凭一面之缘，我就决定请 Mark 作为我此次项目的随行摄影师。

没想到，Mark 居然是一路跑进转机厅的。除了托运的行李外，他随身还带了 4 件小行李，比我的还多一件。他从家乡赶到奥克兰，事先不知道奥克兰机场国内航班与我们要搭乘的下一趟国际航班的转机路线距离很长，他怕赶不上飞机，就一路狂奔。

与 Mark 会合后，我们又开始下一程飞行。飞机上，他呼呼大睡，我则一直在读著名航海家麦哲伦的传记。当年这些探险家，他们敢于冒险的精神和把握机遇的能力，让我敬佩不已，也思考很多——

在当今这个浮躁的年代，我们到底要什么？

究竟，我会在历史浪潮中扮演一个什么样的角色：是一位勇敢超越自我的个体，还是成为更多平庸者中的一员？

我是一个用行动实现自我的践行者，思辨来自于实践，实践积蓄能量，能量成就勇往直前。

突然，飞机颠簸摇晃得厉害，我心里不由得震动起来，我登过的那些高山之巅，我走过的那些极限之地，它们都在提醒着我：

在整个宇宙中，人类真的是太渺小了！太多的事情，我们终生不解；太多的存在，我们没意识到；太多的道路，我们不熟悉。我想，今天我孤独上路的原因，是因为——

我愿意勇敢，勇敢尝试，用"几乎不可能的事情"考验自己，以便更了解那个真正的自己。

没想到，一位古人让我想得如此多，而我和身边的新搭档 Mark 谈论的第一件事却是我一直有的一个愿望，就是珠峰南北坡跨越，北坡上，南坡下，或者南坡上，北坡下。但是这次我没有机会这样做，因为，目前中国还没有开放珠峰南北坡跨越的攀登政策。我想，这件事未来如果有可能尝试，也未尝不可。奇迹总是从想象和不可能中诞生推进的嘛。

当时的我，无论如何想不到，5个多月后，我的珠峰攀登，会经历什么，会有多艰难。

飞机落地智利圣地亚哥机场。取行李准备转机去另一城市蓬塔阿雷纳斯（下文简称为蓬塔）时发现，我的所有行李都到齐了，Mark 的行李只运来两件。出师不利啊，如果丢了，可怎么办？里面装着此行的很多重要装备啊！我们俩有些着急，问机场工作人员，他们也说不清楚。跑上楼去转机柜台询问，依然没人能给一个准确答复。工作人员让我们再到楼下办公室问问，我们又带着一大堆行李下到一楼。这次，终于有一位穿制服的女士向 Mark 解释说，那另外两件行李应该是被送到蓬塔了。她让我们上楼去办理转机手续即可，不用担心行李，但始终没有给我们任何纸面凭据。我们只好又到了楼上转机柜台办理登机手续，同时再次询问工作人员，也说没问题，行李应该是被送到下一站了，但就是给不出任何证明。没想到，行程中的第一个不确定性这么快就出现了。

谢天谢地，当我们从蓬塔取行李时，Mark 的 4 件托运行李都到齐了。

探险项目组织方——ANI（Adventure Network International）公司的接机人员把我们送到一个叫"Dreams"的酒店。真有意思，地球九极这样一个梦想计划，第一站竟然开始于一个叫"梦"的地方，而被长途飞行搞乱了时差严重缺觉的我，这时最想做的事，就是"做梦"睡觉啊。我想，这是一个梦想开启之地！

1 月 3 日上午，ANI 公司的向导到酒店房间里来检查装备。我们把所有装备都铺在床上，依次分类——留在酒店暂时不用的，带去南极徒步使用的，带上飞往徒步起点飞机的，徒步路上随身携带的……然后再分包收拾好。这样能保证带上最适合本次项目的探险装备，而这也是每次行程必需的程序。

下午 1 点半，我和 Mark 退房，到楼下吃饭。ANI 公司的人说，今天不确定是否能够离开蓬塔，但是我们的房间 2 点钟后已经被安排出去了。我实在太困了，特别想再休息一会儿，我们只好又协商搬到了距离 Dreams 酒店 10 分钟左右车程的另一家酒店。办理好入住手续，一进房间，我就倒头昏睡。两个多小时以后，我被 Mark 叫醒，他说我们可能今晚离开这里。晚上 7 点多钟

△ 南极联合冰川机场
▽ 南极日不落

需要退房，在酒店大堂等待 ANI 公司派车接我们到机场，准备飞往南极联合冰川。

所有这些安排，都带着"可能"、"会"、"不确定"和"等待"的模棱两可的信息。我预感，一种远远比可能丢两件行李更大的不确定性要出现，并且，会一路伴随，挥之不去。

果然，1 个小时过去了，没有人来。我有些不确定，我英语不好，没法知道一切是否正常，只好再次问 Mark 是否向 ANI 公司咨询清楚了。他的回答也含糊不清。

等啊……等……

终于，车来了。

坐上一辆车去机场，这是我生活中发生过无数次的常规动作，但这一次，我有一种真正出发的喜悦。蓬塔是智利距离南极最近的城市，可即使这样，它距离南极联合冰川还有 3000 多公里。

1 月 4 日，飞机经历了 5 个小时的飞行才到达南极联合冰川，这里似乎与世隔绝。

到达时已经是深夜了，但完全不是黑灯瞎火一片，反而一片光明。哦，我们已经进了南极圈，现在是南极的夏季，极昼，24 小时都是白天。

我们预计在南极联合冰川住两晚，之后

就要带着我们自己的小帐篷和行李，以南纬89°为起点，穿着滑雪板，徒步1纬度（直线距离113公里）到达南极点。

可刚一到达南极联合冰川，我就遇到了一件棘手的大事！

第一天到达南极联合冰川，我们的任务就是在帐篷里再次清点出发去南极点的装备。帐篷里居然有床！我正在体会舒适的惊喜中，就来了个晴天霹雳——

收拾行李时，我才发现，没带卫生巾！

这真是要命。即使没有任何户外经验的人也能想象得到，在零下三十几摄氏度的极限探险环境中，没带卫生巾，对女性来说，是怎样的一种狼狈和尴尬，而在这里也将意味着更大的风险！我急得火上房似的：这地方，前不着村，后不着店，满眼大老爷们儿，上哪儿能搞到这玩意儿啊？

冷静下来一想，南极联合冰川工作人员里肯定有女性，只要有女性，就可能找到这东西。可是，"卫生巾"用英语怎么说呢？不知道啊！难不成，这么大的项目，竟然栽在一条卫生巾上？

不行，无论如何，我要鼓起勇气去试试。

非常幸运，我们的向导就是女性！我去

△ 我在南极联合冰川上的"家"

找她。要是英语好，其实很简单，就是一个词的事，可是我不会说啊，在手机里查，好几种说法，也不知道哪个对，给她看，她直摇头表示搞不懂。我只好比比画画地让她猜，我要找的是"女性用的东西"，用来处理"一个非常大的麻烦"。为了卫生巾，我也是蛮拼的。终于，她恍然大悟，去医务室帮我找来了这个救命稻草一般的"女性用的东西"，因为医务室还有两名女性工作人员。

我心里一大块石头落了地。

南极联合冰川大本营，彩虹色的帐篷有序排开，一片白茫茫中，点缀着清新的色彩，很养眼。这里的一大特色是干净环保。即便是厕所，都很讲究：上厕所，大小便严格分开，因为之后要进行二次处理，经过专业过滤装置再次处理后的小便，可以被再利用，大便会被拉到3000多公里外的蓬塔去专门处理。所有的纸屑与排泄物都要分开，便桶里面不能扔垃圾，有专门放置厕纸的垃圾桶，这也是便于二次处理。每次上完厕所，都必须用酒精而不是水洗手，一是节省淡水，二是保持卫生。所有这些使用规则，都在墙上用图示说明。为什么是图而不是文字呢？因为这地方，有来自世界各地的人，说各种语言，像我这样的，英文不好，看文字说明恐怕会看不懂，看图示就一目了然，一下子就明白了应该怎么做。

白天，大家都去厕所解决问题，晚上睡觉不愿意起夜到寒冷的外面去，怎么办？自

△ 南极联合冰川大本营

己要准备一只专门用来装小便的壶或者袋子，用过后把它倒进厕所里的专用桶里面。登山的人都知道，到了海拔 8000 米极度缺氧的环境中，基本上就男女不分了，因为生存第一。在南极会好一些，虽然这里冰天雪地，由于海拔只有 2000 多米，几乎不存在缺氧问题。在联合冰川大本营，男女厕所会分开，但行走途中如果上厕所，就"男女不分"了，男的站着小便。你能想象到，有些女性也一样站着小便吗？因为站着解决快，裸露少，减少体温流失，防冻伤。

后来，在南极徒步行程中，我悄悄在帐篷里向女向导请教，研究了她的神秘的女性站立小便装备，其真正体现了极限户外产品一切都从舒适、安全、人性化设计出发。

这里的窗户上都贴着小纸条，善意提醒说，你进来的时候因为很冷，所以你肯定希望窗户是关着的，但是你走时，希望能把窗户打开。在这里，经常会看到这类非常温馨而又人性化的提示。

除了厕所，我感兴趣的还有药房，因为正是在这里，解决了自己的这次南极探险的最大问题，所以我对它真是感恩戴德。这里地方很小，却有非常多的药品，从处理脚上水泡用的贴片到防冻伤药膏、绷带等，非常齐备，以备探险者和工作人员需要时使用。

营地还有一个"超市"，其实是食品装备区。这地方比真正的超市还过瘾，因为所有东西是免费自取。这里有一排排的滑雪板，还有其他很多东西：茶、巧克力、奶酪、奶粉、能量棒、各种各样的甜食和脱水食品。所有食品，我觉得味道只有两种：甜，不甜。除了茶和方便面，没有其他适合中国人口味的。

我在南极，天天都会随身带着几件东西：一是我的手机，虽然已经没有信号，但是手机里有中英文离线翻译词典，需要时可以查；二是带了一本中英文对照的书，可以一边听人聊天一边看书；还有一件非常重要的东西，就是卫星电话。在南极，卫星电话虽然信号不太好，但是可以用，只要到了户外，基本上都可以搜索到信号；其他东西，就是每天需要的户外装备，摄影器材箱（里面装着高清防抖摄像机、微单相机、"无敌兔"等），各种充电器及备用电池、多份备用储存卡。还有，平时必须时时想着戴手套和墨镜！南极联合冰川接近南纬80°，虽然是夏季，这里已经非常寒冷，即使待在帐篷里，如果不戴手套，几分钟以后，手也会冻得生疼。在户外，如果吹着风，更容易冻伤，所以任何时候一定要戴手套；同时户外光线很强，也一定要戴墨镜。

1月5日上午，我们在营地周围适应了3小时，大约走了9公里，以便熟悉、检验所有装备是否合适、到位。

适应过程中，我发现，自己戴着特制的防风手套拿手杖，容易脱落。回来以后，我就自己动手改装：用胶带把手套粘牢在手杖上；雪橇上的绳子我也做了改装，换成了粗而结实的松紧绳，方便非常快捷地打包。

在南极，因为紫外线辐射太强而温度又太低，如果防护做不好，随时都可能被冻伤

△ 南极联合冰川大本营的超酷运输工具

或者晒伤。我 DIY 了一块滑雪镜上的挡风绒布，虽然只是一块小小的绒布，却可以防止鼻子和脸颊被冻伤。所以说，在极限环境里，没有完美的装备，只有不断地改装，而改装这件事，只有靠自力更生去实践创作。

我这次到南极，特意带了我的书《静静的山》，准备送给南极联合冰川大本营的图书馆。2012 年以前，我攀登文森峰时的大本营指挥官 David 看到该书，找到我，特别希望我能够给他在书上签名，跟我说："请一定在书上写几句话，然后签上您的名字。"这句话里，他情谊深切地连续说了两个 "please! please!"

在南极这样粗犷寒冷的天地间，听一个铮铮铁骨的男人对自己说出如此这般的恳请，我的心中瞬间涌起了一股温暖的感动。

1 月 6 日

88°59.424'S

87°23.768'W

2 小时，2.23 英里 [1]

早上起床，收拾好所有东西，准备出发。

上午 10 点 15 分出发，12 点 30 分飞机降落在南纬 85° 的地方加油，因为要飞到南纬 89°，大概需要 4.5~5 个小时，小飞机携带的燃油不够，必须中途落地加油。茫茫雪原上，这个 "加油站" 凭 GPS 定位才可能找到，一看，除了孤零零提前备好的几个覆满冰雪的大油桶外，一无所有。

下午 1 点 25 分，飞机加好油，再次起飞。

我们一行人，除了我、Mark 和向导 Tre-C 之外，还有一位 60 岁的队员 Mike。有意思的是，所有人中，只有我一个人曾经真正到过南极点，即便是我们的向导 Tre-C，也是第一次去，这让我感觉似乎会是一次更有意思的南极徒步。

下午 3 点 20 分，飞机降落到南纬 89°，我们所有人迅速卸下所有装备，飞机掉过头准备离开。这时，Tre-C 发现，地上有一件黑色的东西，原来是飞行员的手机。她赶紧向飞机招手，要不是她发现及时，飞机一旦开走，飞行员恐怕也不会想到他的手机会遗落在南极大陆，好在他注意到了 Tre-C 的手舞足蹈的疯狂示意，及时停了下来。

△ Jing 之南极探险队

[1] 数据摘自王静徒步日记中的 GPS 记录，沿用当时的计量单位 "英里"。

　　手机失而复得的飞行员开着飞机飞走了，把我们 4 个人留在了孤寂的茫茫冰原，举目无物。

　　今天南极的天空晴朗无云，甚至在飞机上也不得不戴着墨镜，生怕灼伤了眼睛。落地后没闲着，下午 5 点 30 分，我们出发，徒步适应了两个多小时。大家显得有些兴奋，很期待接下来的 1 纬度行进，我却因为没有打通发强电话有些郁闷。

　　晚上，Mark 和其他两个人聊得蛮开心的，不过大家聊的话题我几乎都没听懂。我早上也没有听懂 Tre-C 说什么，直到徒步途中才明白，她说的是徒步适应时需要带上尿壶路上用。我的烂英语啊。

△ 一路向南

北京时间早上 6 点，终于和发强通上了电话！电话里他随口问："你们走到哪儿了？好玩吗？……"听起来，他好像认为我的项目特别简单，因为我以前一直和他说，以我的能力，整个项目对于我不难，也不会有危险，他就放心地让我出发了。哎呀，我这一诱导，估计他真把我说的话当真了，以为夫人就是去旅行了。

出发前，我没有做任何针对性训练，心想：徒步到南极点这个过程就是地球九极出发的最好适应锻炼。今天徒步 5 个半小时，行走时间比我 2011 年年底第一次在南极徒步行走时间要短，而且天气还很好，但状态真的不如上次，最后两个小时，自己就是在硬挺。中途停下来一次，休息了两三分钟。我没有穿大羽绒服，接下来的行走中，一直背着阳光的右手指头，被冻得很痛，活动手指也不管用，自己在手套里面把小指头抽出来，和其他 3 个指头都并在了一起，还是不

△ 露营在南极

管用，很疼。我知道，这个时候唯一的办法就是让身体快速活动，产生更多的热量。大约过了 15 分钟，生疼麻木的手指才开始恢复知觉。

下午 3 点钟停下来扎营。扎营后，马上换上羽绒裤和羽绒外套，困极了，头还有些痛，我立刻钻进睡袋里睡觉。大约睡了一个半小时，冰冷的身体才热乎过来，鼓起勇气坐起来，喝了点热水，吃了两块糖和一块奶酪，然后穿着厚厚的羽绒服又钻进睡袋里，等待身体更暖和。

2011 年年底，徒步到南极点，队伍只用了 6 天就完成了全程 1 纬度的行走，今天看起来，这次行程可能会延长两三天。因为队伍行进比较慢。

不知道是不是因为白天的行程感觉太累，晚上做梦全部是家人和朋友的叮嘱：一定安全回来！

1 月 8 日

89°16.089'S

88°09.118'W

6 小时，7.36 英里

今天计划徒步 6 小时，比昨天的状态好一些，轻松了很多，但是徒步时，雪镜和面罩上结了很多冰。到营地搭好帐篷以后，发现头发和羽绒服外套全都湿了，明天需要更加注意。因为——极限项目，常常是细节决定成败。

在极地环境当中，防止滑倒和冻伤是首

要任务，而保持身体干爽又是防止冻伤的重要前提。所以，穿衣打扮都很讲究：内衣必须是速干排汗材料制成的，吸汗又不易干的纯棉内衣绝对不能作为内穿。穿着顺序最好是：贴身穿带网孔的内衣，然后配穿羊毛面料或抓绒面料的既保暖又排汗的衣物，外面再套穿适合环境极限温标的羽绒服，或者采用高科技保暖棉材料的外套会更好，因为羽绒服不容易保持干燥，南北极的环境中千万不要选择不透气的外套。

在南极徒步，要保持干爽真的很困难。一天走下来，从头到脚，从辫子到袜子，从头巾到手套，几乎所有的东西都是湿的。所以，一到营地就搭帐篷，帐篷搭好，进去换装，把湿了的东西全都放在帐篷里朝阳的一面晾晒，但不要期待能被彻底晒干。

换装要快！南极这样的极限环境中，保持身体热量非常重要，如果靠身体的热量来烘干所有的衣服，会带走非常多的热量，所以建议根据不同的情况换中层，甚至内层衣服。顺序是，先换袜子、手套等小件东西，再换容易快速穿脱的部分，因为这样不会带走身体特别多的热量。但不要轻易换内衣，如果换内衣，脱穿瞬间就会带走很多热量，通常如果不是特别湿，一般都不建议换最里层的内衣，就让身体的热量慢慢把它烘干，强调内衣需要用速干材料制成的原因也在于此。在很多情况下，比如行走途中，是来不及换衣服的，即使衣服特别湿，也没有办法在没有遮挡的情况下脱换。

是不是因为穿太多所以才会这样汗湿呢？实际上，在极地环境中，干湿的度，很难把握，因为在行走的过程中，徒步的速度、天气等因素变化太大，造成发热量与散热量不一致。

今天徒步，我的雪镜、面罩又结满了冰，虽然在这方面我有很多经验，但是这个度没那么好把握。因为呼吸时热空气遇到冷空气，护脸、围脖、衣服非常容易结冰，贴近面颈的围脖需要靠脸部的热量才能保持不结冰的状态。所以一定要和脸部贴合得非常好，一旦没有贴合好，风一吹，围脖就成了冰壳。到底是把面罩全部罩在脸上，还是把鼻子和嘴都露出来？鼻子和嘴露出来，容易冻伤；如果不露，面罩上很容易起雾结冰。即使一个人有很多这方面的经验，也需要根据当时的环境权衡，才能找到最佳平衡点。

徒步休息时，我发现，我的脸颊被冻红了两块，虽然还算不上是冻伤，但已经是冻伤的前兆。我已经非常注意防冻了，想不到还是出了点小问题。第二天早上，我对着镜子看，脸上还是有一点点红肿。

所以，细节，细节，细节，一刻不能掉以轻心。

甚至每天早上什么时候喝水、上厕所都得计划好了。我需要在出发前半小时到一小时把水都喝足了，出发前5分钟上一次厕所，虽然大量喝水，但是因为运动量大，身体大量排汗，在路上的6~8个小时，没有特殊情况，我一般都不会上厕所，甚至可以更长时间不小便，这是高海拔登山中锻炼出来的。如果总是像个马大哈，不注意细节，一时疏忽，不仅非常容易被冻伤，出现危险的概率

△ 梦想如影随形

也会加大。

　　打包装备也是如此：在路上携带的能量食品，尤其是当天需要的食品，放在雪橇最前面和衣服口袋里，以方便拿取；自己的水壶、相机等放在雪橇前面容易拿取处；电池放在羽绒服内里身体保温处；需要紧急更换的东西，比如备用手套、脖套等，也应该根据自己的习惯，放在雪橇前面容易拿取处。这些都应该事先规划好，自己一一记清楚。

　　今天早上出发时，Mark 没有绑好他的雪橇，拉起就走。我发现后，叫他停下来重新绑了一次，结果走了一段发现他依然没有绑好，又停下来绑了一次。我估计他脑子里装着好多拍摄的事，导致自己手忙脚乱，但这也让人担心。

△ 极地风光

　　徒步过程中，我们大约每一小时停下来休息一次，每次休息 5~10 分钟，以便补充缺失的水分和能量。大家的速度有快有慢，第一次在一起徒步探险，队伍总是需要磨合，大家都会充分考虑彼此的情绪和状态。如果有一个人出问题，那么整个队伍都无法前进，所以整个队伍的和谐与否至关重要，在这个过程中，大家都会相互照顾和鼓励。

　　这几天有太多的事情没有听懂，队友们用英语聊天时，我几乎没法参与。但是可以了解整个行程规划：什么时候吃饭，什么时候出发，感觉如何，这些基本的东西，我都没有问题，因为说来说去，就只需要懂几个简单的单词就够了。

　　不过，简单极端的环境里，不会因为英语沟通不好而感觉到人与人之间的陌生。大家有着共同的目标，会一起克服困难去完成，很多时候根本来不及思考更多，只能单纯地顾及眼前。这种环境，最能体现人之初的本真状态。

1 月 9 日
89°21.463'S
87°59.663'W
4 小时，5.39 英里

　　早上起来，天气很糟糕，雾非常大，虽然不是伸手不见五指，但是起码迈步看不见厕所了——厕所坑就在我们帐篷旁边六七米的地方。

　　因为天气糟，我们比昨晚的计划延迟了 3 个半小时，中午 12 点半才出发。天气一直没有晴朗起来，大约走了 3 个半小时，我们就彻底停下来扎营了。没办法，这样的天气，如果继续行走，无法判断路况，走起来也非常困难。

　　已经是出发的第四天了，才走了1/3的路程，我们所有的食物储备只够用 10 天。我自己心里想，虽然慢一点无妨，但也不能太慢了——如果计划延期食物不够怎么办？如果延期又遇到糟糕天气怎么办？如果延期天气不好再迷路怎么办？

　　但是，需要调整好自己的心情，根据速度最慢队员的状态来设定行走速度。

　　我一直认为，徒步 1 纬度到南极点不太困难，但这次觉得此事还真不简单，处处都需要高度重视。就是每天我们扎营这件事，都容不得半点马虎：按步骤一、二、三，快速搭好帐篷，归整好行李之后，才能考虑上厕所之类的事情，因为所有的东西都放置在自己的帐篷里，藏身之地才算安顿好，也就踏实了。

　　我的大脑里已经深深根植了安全规则。我曾经在卓奥友峰经历雪崩，二十几个小时没吃没喝，那时所有的精力都集中在自己的脚下，关注着怎样迈出去每一步，怎样走好每一步，怎样才能活着回去，其他身体需求都被忽略不计了，我形容那种专注过程叫作"鼠目寸光"。极限探险，容不得大大咧咧，盲目冲动，稍有疏忽，可能就没命。

　　可是，有时候，精神加油，身体偏偏不加油——我感冒了。

1 月 10 日
89°30.389'S
87°02.312'W
7 小时，8.9 英里

　　我这一天一路上都在流鼻涕，太难受了！而且，因为冷，流鼻涕也增加了冻伤的概率。

　　今天走下来，才到一半的路程，我们 4

个真的是走得太慢了。

前几天路上，我一直主动帮助 Mark 拿着他的睡袋，他的装备比我多，我有点吃不消了。我想下次他需要精简自己的装备，不然难度就太大了。

还好，这一路有向导 Tre-C 这个活宝，她总是那么开心，让我们这支队伍的情绪不错。

1 月 11 日
89°37.523'S
86°48.233'W
5 小时，7.15 英里

出发后的第六天了，但我们才走了一半的路程。这次走得慢，综合原因是，一名队友经验少、速度慢。Mark 也出状况了：前天，忘记绑好自己的雪橇就出发了；昨天又把拖拽雪橇的背带穿反了，只好在途中停下来整理；今天马上要出发时，又忘了拿自己的杯子。不过，既然在一支队伍里，就要接纳所有人的不完美状态。我估计大家也会觉得我很无趣，因为我英文不好，没有办法和他们流畅地聊天。

因为感冒，一直流鼻涕，难受，但是天气真的很给力，几乎一直都有太阳，也没有什么风。很想和 Tre-C 多走一段，但是

△ 我和 Tre-c 的同居帐篷

Mike 希望扎营了。扎营就扎营吧，我就听从安排——

扎营！

扎完营，队友们在帐篷里聊天，我看书，一点没有受到干扰，心情特别平静。人生最单纯的状态是享受，就像今天在冰冷的冰原上静静行走，没有任何功利的目的，就是走，一直走，朝着一个方向走下去。

1 月 12 日
89°46.380'S
85°46.909'W
7 小时，8.8 英里

下午 3 点多钟，Tre-C 第一个看到了极点的建筑物，很兴奋，Mark 和 Mike 也跟着兴奋地叫了起来。我没有太多反应，感冒没好，虽然也能坚持走，但是打不起精神，头还是有点晕。今天天气非常好，几乎无风，大太阳。行走了 7 个多小时，停下来的时候，大家看着前方的极点建筑物，大大地拥抱了一下。

这是南极徒步过程中大家难得情绪外露的一刻。说实话，南极徒步，大多数时间很无聊：白茫茫一片大地真干净，只有我们 4 人纵队，拖着雪橇，刺啦刺啦，走啊走啊。除了短暂停下来休息，几乎没人吱声，即使吱声，都用最简单的语言，常用词之一，是"shit!"。因为，这词可以用来表达各种情绪：抱怨、沮丧、失望、气急败坏、忍无可忍，或者就是最简单地释放压力和疲惫。面对这么多"shit"，南极若有灵，也要皱眉头吧。这种词我一般情况说不出口，但是，我曾经拿"shit"大大开了一把涮。

徒步中途休息时，我问大家："你们知道'shit'这个词，中文怎么说？"

大家迫不及待想知道答案。

"Shit…means…"我故意卖关子，"Gou Shi!"

"钩——屎？""够——屎？""狗——食？"他们几个争着学舌，刻苦练习。

"狗——屎——"

那一刻，南极天地，一片"狗——屎——"……

这得带来多少"狗——屎——"运啊？！

果然，Tre-C说，接下来，还有两天就可以到达极点了。

1 月 13 日
89°54.426'S
72°34.303'W
6 小时 30 分，8.3 英里

这些天我的卫星电话没有信号，很不方便，只能偶尔借用 Tre-C 的电话给家里报一个平安。我之前也请 Mark 给 Russell 打一个电话，告知平安，但没想到，直到今天 Mark 还一直没有与 Russell 联系，我以为他已经通过卫星电话或者短信的方式告诉了 Russell 我们的情况。此次项目，从一站站规划行程到一家家联系当地地接机构，从一条条预订航班线路到一次次制订备选方案，从一天天关注计划进展到一座座山的攀登时间衔接，都是 Russell 在总体协调。任何人来做这样的高难度、大跨度规划，都会惦记着队员在外面是否顺利安全。我不能让其他人担心，这是我的责任。

1 月 14 ~ 15 日
89°59.999'S
48°57.980'W
4 小时 30 分，5.7 英里

北京时间 2014 年 1 月 15 日凌晨 2 点半，我们到达了南极点。

△ 到达南极点

结果，大家对了一下眼神，举起手里的雪杖，异口同声地大声欢呼："Gou——Shi——Gou——Shi——"

脱下滑雪板和雪橇，Tre-C还在情不自禁地低语："Gou——Shi——Gou——Shi——"

我这偷着乐的，那个了得……

拉着雪橇行走113公里，我再一次触摸到南极点的圆球，这一刻意味着，地球九极项目真正开始了。我的心情非常平静，没有第一次到达南极时的波涛汹涌。这也许是因为，想完成地球九极项目是场持久战，按照预设目标大约需要不到200天，我一直希望把这个项目当作日常生活的一种常态去完成，只有把自我状态调整到生活常态，才可能顺利完成这样一个持久战型的项目。

再一次到达南极点我发现，相比2011年年底，这里的条件好了很多。这次组织方在这里搭建了一顶大帐篷，不用待在冰冷的环境下，帐篷里面有暖气，还有3名工作人员和另外一支已经到达南极点的队伍。

△ 笑拥极点

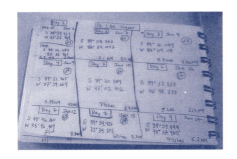

△ 南极征途数据记录

晚饭后，先期到达的队伍与我们这支队伍一起，在大帐篷里聊天。其中一位俄罗斯人弹起了吉他，边弹边唱，大家边听边喝着红酒，开心地庆祝安全到达极点。大家让我喝，这次行程中我打算滴酒不沾，所以就回答说："I never drink."于是，大家也不再劝了。我更喜欢在一边安静地看书写日记，甚至是享受发呆。

接下来就是等待小飞机飞进南极点，接上我们再飞回南极联合冰川。天气预报说这两天天气可能好转，也许飞机可以飞进来。不过南极的天气说变就变，也就是说，预计的行程随时都可能改变。我第一次徒步到南极点时，已经体会过南极天气的瞬息万变，有心理准备。

这一次等飞机来的过程，有一段时间居然很享受：南极的天空清冷而安静，在帐篷里，我听着音乐，想着该想的人，做着该做的事，生活简单、幸福、温暖。

但是也难免有小波澜：

下午5点得到消息，准备收拾装备，打包回南极联合冰川。结果6点多得到消息，需要再等1个小时，看天气情况；到7点钟，说要再等两个小时，看天气情况；到10点钟呢，说晚上要住在营地了，我们又把所有的装备倒腾出来。简直是没有办法，南极的天气总是这么折腾人。

这就是南极，说变就变，已经说好的，转眼就变，只要飞机没到，

△ 等待起飞

静静致极

一切都有可能改变。

今天等飞机，我有机会再次走到南极点，见到第一个到达南极点的挪威人阿蒙森的纪念碑，很感慨——

100 年前，他们没有飞机，没有卫星电话、高科技 GPS、功能型保暖内衣等先进装备，没有后援，只有狗、雪橇、简单的装备和难以下咽的食物，我不敢想象凭借这些，怎么能够应对去南极点路上的恶劣天气。2016 年 1 月 24 日有一则不幸的消息，55 岁的英国探险家、退伍军人亨利·沃斯利计划独自一人全程无补给徒步 1400 多公里穿越南极，如果顺利完成，将创下人类无补给穿越南极的纪录。但非常遗憾，因为重度疲劳和脱水导致器官全面衰竭，同时伴有其他疾病，在第六十九天的时候，他倒在了距离最终目标 48 公里的地方，再也没有醒来。和这些伟大壮举比起来，我们这次南极徒步，真算不上是探险。

但我所做的，对于我自己，意味着什么呢？

是不安于浮躁现状，追求"静静"生活的一种姿态？

是渴望超越自我实现自我突破的一条路径？

还是对自己内心的一种探索和修行？

抑或对现状的不满与挣扎？

不管是哪种，我总是对自己说，只要你有梦，只要你去做，只要你坚持，就会有成果。

剑指冰峰

文森峰

南极洲

文森峰　Mt. Vinson Massif

山　脉：艾尔斯渥兹山脉

海　拔：4892 米

峰顶坐标点：78°31′31.74″S

85°37′1.73″W

你克服的困难就是你争来的机会。

——［英］温斯顿·丘吉尔

>> 1 月 16 日，终于等来了飞机即将抵达的消息。下午 3 点钟，再一次把所有装备搬上飞机，一次次被通知"准备回程"，一次次又被通知"飞机进不来"，我们早已没有回程的兴奋劲了，生怕这又是一场空欢喜。等到飞机发动机真正发动起来的一刻，才相信，我们可以回南极联合冰川补充给养，可以开始为文森峰的攀登做准备了。

到南极联合冰川营地，已经晚上 11 点了，但帐篷里摆好了庆功宴，有香槟和饮料，大家在困意中又吃喝了一顿。相比徒步路上的饮食，这绝对是高大上的奢侈大餐。我们徒步到极点时，也有"大餐"，是三文鱼加米饭。听起来不错吧？我吃起来哭的心都有。2009 年，我参加北极点挑战赛，连续三天三夜空口吃三文鱼，什么都没得搭，从那以后，一见三文鱼就难受。

极限户外，不能挑吃挑喝，只能有啥吃啥，还一定要懂得合理利用资源。比如说，我的南极早餐，冲咖啡的杯子就是水壶盖子，我们的锅也是我们的碗。为了节约资源，我们吃完饭的盆，用开水涮一涮，就当一碗汤喝了。喝了汤，我们再用一点点纸把盆擦干净。

对于大家，这么顺利徒步 100 多公里到达南极点，绝对是值得好好庆祝的一件大事，但我只喝了点饮料就去睡觉了，一直努力想把自己的非常规状态调整到"日常状态"，提示自己要做到平常心，也不愿意把多余精力耗费在吃喝庆祝上。

1 月 17 日早上，听 Tre-C 说，也许下午就可以出发去文森峰了，我又把所有的行李折腾了一遍，确保都准确无误地选用了各种装备，准备出发。

结果，天又变了，飞机飞不了。

1 月 18 日，飞机飞行了 50 分钟后，我们才终于到达了文森峰大本营。

一到达营地，马上和这里的指挥协调人员 David 商量攀登时间。下午 2 点 30 分开始徒步行走，晚上 6 点 50 分到达了低营地，休息一会儿，喝点水，吃些东西，再次精简攀登装备，8 点，出发去高营地，19 日凌晨 1 点 30 分，到达高营地。

为了赶上文森峰攀登的"末班车"，这一路的奔袭，所有人都走蒙了！

到高营地后，Tre-C 笑着紧紧地拥抱了我一下，轻声对我说："I love you."

Tre-C 不但没休息，还给大家烧水，冲了一点脱水食品。

今天大家都累坏了，可是 Tre-C 还活蹦乱跳的，精力十足。她自己说她不是女人。我想原因嘛，一是她在南极是站着小便的，二是她那双长腿，真是彪悍的人生不需要解释啊。可是，就是这样一个"女汉子"，居然随身带着一件小玩偶，它有一个名字叫 Billy。我猜是她男朋友给她的礼物，也许 Billy 是他的名字。Tre-C 的这个男朋友，不知道什么样才能够博得她的青睐，但是，我猜，他一定很懂女人心，才能够征服她。Tre-C 每天要看一封信，是她男朋友写好给她的，每封信上都标着日期，比如，8 日，Tre-C 就在 8 日那天打开看，每当这个时候她都满脸甜蜜，柔情似水。

△ 我和向导 Tre-C

像 Tre-C 这样的人，是吸引我到南极的重要原因。南极这地方，吸引人的，不是风景，也不是活动，而是来这里的那些人的故事。

我在南极联合冰川大本营，还遇到一位美国老人，一位有着艺术气质的研究者，他和同事一起在南极做地质研究。2011 年年底，我也是在这里碰到他，当时他们在南极找到了好多块陨石，带回到大本营，让我大开眼界。这次会面，我发现他喝水的杯子很特别，造型居然是相机镜头。这里的工作人员也都充满了能量和热情。

1 月 19 日早上醒来，哎呀，身体紧绷绷的，没有缓过劲来。虽然风不是特别大，但是雾大，能见度很差。Tre-C 说需要等天气好转再继续攀登，这是与大本营联系后得出的结果。我悄悄问 Tre-C，是不是可以尝试登顶呢？我们每一个队员都非常强悍，有很多成功登顶高海拔雪山的经验，但是她说还要等等。她是向导，必须尊重她的意见，天气也确实不够好。

上午 11 点 30 分，接到 Tre-C 的通知："12 点钟准备出发！"

天气一直是大雾有风。我们的队伍是这一季攀登文森峰的最后一支队伍，如果继续等待下去而天气持续变坏，就无法完成文森峰的攀登，所以，需要尝试一下。我想 Tre-C 也是这样想的。

我们中午 12 点 10 分出发，一路上走得

非常紧张非常累。不知道为什么，我心里有片阴影一直在盘旋，我被它搞得没精打采。

　　我今天的状态非常不好，感觉深一脚浅一脚的。接近顶峰时，风非常大，不一会儿就起雾结成冰冻在雪镜镜片上了，看不清楚，真是让人头痛。去往山顶的路上，风实在太大了，吹得人摇摇晃晃的，我恨不得脚上长钉钉在地上，生怕一不小心被风吹跑了。

　　到了顶峰，我和 Tre-C 一起匆匆来了一张合影，连单独照张相留念都没有时间。风实在大得可怕，也冷得可怕，我带去的旗子、女儿的小玩偶，所有这些都没有办法一一展示。

　　我心里一直在嘱咐自己："安全第一，安全第一！"

△ 迎风而上

几分钟内，所有人就开始下山了。在山脊上行走时，风大，铺天盖地，看不清路线。有一段下山的路，我完全看不见了，只好倒着走，到一片深雪区的时候，一下子陷了下去，"啊——！"我尖叫起来！Tre-C 马上回头。还好，我只是滑陷了一小步，虽然没有太大的危险，不过还是吓了一跳，因为在顶峰下面的这段山脊没有固定的路绳，一旦滑坠下去，估计没得救。

　　晚上 7 点 50 分，总算回到了高营地。头一天下午 2 点 30 分从大本营2400 多米出发，一直到登顶，一共用了 27 个小时，又下撤到高营地，一共用了 31 个半小时，累得够呛，一点也不兴奋。不过，比原计划提前两天完成了地球九极项目当中的两极，算是一个安慰。

　　我一直提不起精神，就想着，今天晚上一定要睡个好觉，明天下午就

△ 登顶文森峰

可以回到大本营，等飞机飞回到南极联合冰川，如果运气好，能赶上 22 日回蓬塔的飞机，回到城里，就可以洗澡，洗衣服，充电，换手机，还可以给家人打电话。想到这些，心里舒服了很多！

1 月 20 日下山。途中，我在第一，Mark 第二，Tre-C 殿后，结组沿着路绳走。不料，Mark 突然滑了一跤，从山脊一侧摔向了另一侧！我听到 Tre-C 在后面喊，立刻停下来，回头一看，Mark 已经摔倒了。我的本能反应就是，拉紧路绳！折腾了一小会儿，Mark 总算回到了正确的路线上来。我吓坏了！他和 Tre-C 嘟嘟哝哝说了一会儿话，提到了我的名字，好像是在解释说，我走在前面太轻了，路绳没有拉紧。

Mark 摔倒时是在路绳旁边，真的是有惊无险。Mark 一路和 Tre-C 叨咕，还是说和我有关的话，我也反思是不是哪儿做错了。我们 3 个人继续走，这一次，让 Mark 换到了第一，我换到中间，然后我们 3 个人小心翼翼地下撤到路绳的终结点。接下来没有什么难度了，就是行走，直到大本营。

△ 惊险下撤

　　下到大本营，David 拿着一瓶香槟迎了过来。我接过香槟，和 David 拥抱了一下，说："Thanks! I never drink."

　　我早上只吃了几口高山食品，中途吃了几粒葡萄干，还有两块糖，回到营地看到新鲜水果，喜出望外。因为要撤营了，所有的物资今天都要带回南极联合冰川，我们的队伍又成功登顶，所以把所有的水果都拿出来让大家分享，还有面包片、奶酪以及我喜欢的"芬达"。我的眼里只有"芬达"和新鲜水果，吃了两个新鲜的桃子，接着写日记。Mark 主动把昨天在顶峰拍摄的照片和视频给我看了一下。我看到他今天背着沉重的背包，真的是不容易，虽然在攀登文森峰的拍摄过程中，我们还没有达到完全默契的状态，但这么寒冷的极限环境他能拍到这些素材，已经很不容易。

飞机晚上飞到营地，接上我们这些最后一批文森峰的攀登者，晚上 10 点多回到南极联合冰川。

1 月 22 日下午 5 点多钟，我们飞回蓬塔。

△ 回程

回到蓬塔，开始洗衣服，处理邮件，打电话，整理日记，非常忙碌。凌晨2点多钟才睡觉，只睡了3个小时，到凌晨5点钟就醒了。这一段时间就没有连续睡过一个好觉。

1月24日凌晨4点钟，赶飞机去圣地亚哥，转往下一站，攀登南美洲的阿空加瓜山。

离开前，23日，我们去蓬塔城里转了转，看见了麦哲伦雕像，想起之前看过的麦哲伦传记和最近看完的《生命的旅程》，我扪心自问：

在这充满挑战的旅程中，我要寻找什么？

我想不出最好的答案。我只知道，这是充满极致色彩的一件事，也是充满力量的一件事，试探着自己的勇气和能力，乃至信念。

我渐渐意识到，这个项目吸引我的，可能并不是"最快纪录"这些东西，而是追求突破自我设限的极致——

无论自然还是人生，极致处常常都是巅峰或险滩，深藏着美丽风景的同时，也有巨大风险。极致的路不可能有太多人走过，极致的路也不可能走得一帆风顺。但，人生旅程峰回路转，最关键的可能就是那几处转弯，那几块险滩，那几步极致探索，转过去，渡过去，迈过去，对自己就是一次历练，就会激发出潜能，发现从来没有意识到的能量。

所以，我默默地告诉自己：Just try！

相 / 思 / 追 / 日

阿 / 空 / 加 / 瓜 / 山

南美洲

阿空加瓜山　Mt Aconcagua

山　脉：安第斯山脉

海　拔：6959 米

峰顶坐标点：32 39'12.35"S

70 00'39.9"W

　　我要走到我的天性带我去的地方，有狂野的风吹着山腰。

——［英］艾米莉·勃朗特

>> 从蓬塔到圣地亚哥转机飞阿根廷的门多萨之前，就听说，阿根廷这段时间局势比较乱，出了好几件事，其中还有杀人放火事件，针对中国人的就有好几起。当时心里觉得很不安，但是下了飞机，看到来接我们的人非常热情，心里的顾虑便减去了大半。

可能攀登文森峰那两天太累了，加上南极天气非常干燥，而因为气温极低，又很容易忽略了这种干燥，再加上没有休息好，每天睡眠时间都不够，我这两天嗓子痒痒的，一直咳嗽，只要咳起来，就抑制不住想一直咳下去。

我们准备 26 日凌晨赶到阿空加瓜山大本营，开始行程中更艰苦的一次攀登。我想：接下去的行程里，自己在生活细节方面，不得不更加注意，如果身体出问题，会影响到总体规划是否能顺利进行。

在阿根廷的门多萨中转，我得以享受到出行以来最悠闲的一天。

△ 门多萨风情

南美洲16世纪就开始有酿酒业。门多萨是阿根廷有名的葡萄酒业中心，每年2月都有葡萄酒节 Vendemmia，还有传统的阿根廷烤肉 Asado。

接待方安排我去了门多萨当地一家有名的酒庄吃午饭，然后去参观当地著名的红酒品牌 Maldec 的酒窖，感受当地的酒文化，但我事先并不知道午饭主要是去品酒。

午饭整整吃了3个小时。餐桌上摆了十来种大小不同的葡萄酒杯，每种杯子用来品不同的酒。酒庄餐厅周围是一望无际的葡萄园，种植着各种各样的葡萄，所有的酒都产自这里。已经出门快一个月了，从到达南极点到成功登顶文森峰下山，我滴酒未沾，连香槟都没有碰过，但是在这样的环境气氛中，不品酒有点说不过去，让人觉得有点较劲，太装了！

当服务员来倒酒的时候，我让他每种酒帮我只倒一点点。虽然每种量很少，但是积少成多，一杯杯品下来，对于一个不会喝酒的人，真有点晕。

△ 静静的葡萄园

上　非常家宴

整顿饭，从前菜到主菜再到甜点，一共上了12道，刀、叉、勺子，换了无数。这是我出门以来吃得最悠闲最放松也是最讲究的一餐了，是对当地文化最好的体验。此后，在地球九极行程中，我再也没有碰过一滴酒，直到快半年后整个项目完成的第二天，我在众多朋友面前毫无顾忌地大醉大哭了一场。

在门多萨这两天，虽然没山爬，但是我一直在做两件比爬山还重要的事情。

第一件事是：调整原计划中的登山顺序。

我想改变原计划，提前攀登俄罗斯境内的厄尔布鲁士山，而不是等到6月在最后一站勃朗峰前攀登。这样会节省出很多时间，但对身体挑战更大了。可是，一旦调整顺序，就带来一个新问题——我需要提前办理俄罗斯签证。我不想专门飞回北京去办理签证，把护照寄回去，也不可行，我一个人在国外，没有护照肯定很不方便。所以我一直在想，能否在国外办理我的俄罗斯签证。但是，山峰攀登的顺序调整，牵涉很多事情：机票要改签，地接要重调，也许向导也需要更换……这些不可能很快安排到位，最快也要在攀登阿空加瓜山结束或者在攀登过程当中，才可能知道调整安排是否可行。所以，是否要办理签证，何时开始办理签证，到底在哪里办理签证等等问题，也不能马上定下来，但很有必要先咨询做预案。

咨询结果是，智利的圣地亚哥貌似可以办理外国人去俄罗斯的签证，而且听当地的向导说，他以前曾经帮其他国家的人办过，程序不复杂，貌似比在中国办还要简单一些。在中国，俄罗斯签证最快需要一周才能办下来。所以我估计，一旦山峰的攀登安排协调下来，我们就可以在圣地亚哥办理俄罗斯签证，把之前计划 6 月去俄罗斯的攀登改到 3 月去。

第二件事，也和时间有关：我一直在想办法把自己不规律的作息时间调整为正常状态。这一路，要么是在倒时差，要么是在经历时差的路上，要么是在有时差的路上行走，要么是在既有时差又有高差的高海拔山上攀登，想睡个好觉，成了奢侈的愿望，做不到。我之前一直觉得自己身体特别好，经过这小一个月的折腾，再棒的身体也大打折扣，如何调整好身体状态，在接下来的行程中，会成为我非常大的难题。以前在不同场合听别人抱怨"我只是想要过正常的生活"，现在发现，最想要"正常生活"的，是自己。

但是，这根本做不到。

随同当地登山公司去办理登山许可证的时候，我又看了一遍阿空加瓜山的地图，和当地的探险公司人员也一起探讨了一番。这是一座海拔将近 7000 米的山，虽然在很多登山者看来，这座山的攀登异常艰难，单单

△ "门德阅诗"

它的高度本身就是一种难度，然而于我，最大的挑战是目前的身体状况。

我还是咳嗽不止。如果是在咳嗽状态中登山，那将非常难受，而且也有风险，可能会引发肺水肿之类的高山病。所以这两天我特别注意，一向不吃药的我，吃了一些"银黄感冒颗粒"，感觉略好一点点。

1月26日，我们从门多萨转机飞行，到了阿空加瓜山海拔4200米的大本营。

这座山和我以往爬的山相比，真是太不一样了！

七大洲最高峰中，这座除珠峰外的第二高峰，果然不一般！飞机飞过山脉，只见陡峭的山体上，寸草不生，见不到一点绿色，只有岩石和白雪，清晰地勾勒出山的形状。南壁路线，因为山势非常陡峭，几乎见不到雪，也根本挂不住雪。有人形容这里好像月球表面一样，有一种沧桑乱象的荒凉壮美。

当地传说，阿空加瓜山会召唤人。有些人很小的时候，就会听到这座山的召唤，并且义无反顾地走上山，最终成为巨人……

当地人告诉我，1985 年，在阿空加瓜山南部的登顶线路上，海拔4876 米的冰层里，发现了一具 300 年前的尸体，一个男孩子，年龄不超过 7 岁。我有两个女儿，这个故事让我心里发酸：在英雄巨人和骨肉情长之间，我还是愿意相信，那个男孩是不小心迷了路，妈妈苦苦等他不回，但她一定相信，儿子还活着，只是离家出走。

一路阳光普照，大本营几顶白色的大帐篷非常突出，周围是住宿的小帐篷。营地简单，非常干净。

在阿空加瓜山大本营，向导给我们每人一个可降解塑料袋，是用来装大便的，而且需要多次使用！这座山的卫生管理很严格，较低的营地非常干净，但是真正到了高营地，还是能看到有人没在约定俗成的区域大便。在高海拔小便，对整个环境是没有影响的，因为山的自然环境的吸收能力非常强。在南极，在文森峰，在阿空加瓜山，在珠峰，小

△ 阿空加瓜山1号营

▽ 山峰特写

便都不是问题，但是随地大便就会有影响。如果没有固定的容器装，会影响到周围环境，至少视觉效果非常糟糕。攀登过程中如何解决随地大便的问题，我觉得当地组织方的作用最为关键，因为，这很大程度上取决于组织方对队员的要求。如果每个组织方都给队员发放这种可降解的塑料袋，队员们怎么还好意思随地大便呢？

这次地球九极项目，我希望，整个行程还是和我以前一样，实现零垃圾攀登，这是我一直以来的攀登原则。我最大的希望是，让每座山都干净起来，让地球因你我而更美。

午饭后，依然像南极联合冰川大本营一样，提供简易下午茶：开水，一盘饼干，一小盘水果。我因为咳嗽，午饭后倒头就在帐篷里睡着了。下午 5 点半，在大本营的医务室做了一次身体检查，一切正常。

傍晚，非常突然地下起了大雪，大本营的帐篷很快就变成了白色。晚饭后，一名工作人员从高营地回来，说今天还有 10 个人在向顶峰攻顶，顶峰的风非常大，虽然雪过天晴，但是状况非常不稳定。

一般登山者到 4200 米的大本营，都需要休整两三天以后才出发向上适应。昨天到营地后，我表示想尝试直接登顶，因为向导们已经在山里完成了适应，我又刚刚攀登完文森峰，但是最后决定，我还是先适应一下，明天会安排向上攀登，这样会比常规的攀登节奏快。

晚上出帐篷的时候，发现好多星星挂在天上，一闪一闪，让我想起了第一次攀登雪山时初次见到浩瀚银河的那种震撼——人与星际的融合。

回到帐篷里闭上眼睛，想着无数星星做伴，思绪连绵——

在这空气稀薄的酷寒之地，为什么心如此温暖？

轻轻闭上眼睛，

你就知道了。

夜空遥远的星星，

正朝你眨着眼睛，

她会微笑，

她会传情，

她也有体温，

即使是漂洋过海，

即使相隔在万里，

即使在地球两端，

这样的温度都在，暖心。

星星永远都那么——

清澈，而不见底；

烂漫，而触手不及。

睡吧，温暖地睡去。

晚安，夜空！

1月27日早上9点半，出发去C1（Camp 1，1号营地，简称为C1）适应，再返回大本营时，已经是下午3点了。今天咳嗽似乎好转了一些。

到达这里的第一天，看天气情况判断，29日是最好的一个窗口期，可是第二天天气就变了。听说今年的天气特别反常，变化非常大，未来几天的天气情况都不太稳定。

向导一直说这座山的攀登很难，但是我想，和8000米级山峰比起来，应该还是简单很多。我提醒向导，我是有很多高海拔攀登经验的攀登者，又是刚刚从文森峰下来，和一般人相比，能力还是更强一些。向导们都在山上适应了很久，对地形非常熟悉，所以，我们的方案选择可以更大胆一些。

△ 阿空加瓜山攀登向导 Jatin

向导还是决定到高营地再看看，如果有机会就冲顶，但如果天气很糟糕，我们就只能下撤，然后等待更好的窗口期。

适应途中，组织者 Rodrigo 介绍他自己说，30年前，也就是1984年，他第一次登顶这座山，截至现在，他已经登顶了28次。结果我却听成了他是第一个登上此山的人，还对着镜头煞有介事地介绍呢。

唉，英文不好，真露怯啊。

1月28日早上9点，出发去C1。工作人员告诉我，我们留在大本营的东西都将直接拉回到门多萨了。这个时候，我才强烈地感到，我们是真正准备冲顶了。

我背上了一个新鲜的苹果，象征着平安，准备一直把它背到山上。

天气一直都是阳光普照，非常暖和，一路上听着音乐，轻松地向上走，4个小时后到达了C1。

今天最开心的是，终于决定要去攻顶的时间了。

有一件事情，让我有点闹心——我的例假一直没有来。

应该是本月20日来，但至今还没有动静。在南极就遇到了这个问题，以我的经验判断，一般大运动量后，例假都会提前7~15天来。

所以一路上我都准备了卫生巾，不管怎么样，先把这些该带的东西带上。

还有一点小闹心的是，昨天晚上洗脸时，有些刺痛，鼻子脱皮了，不知道途中是冻了还是怎么搞的。我一直都挺注意保护的呀，但还是出现了这样的"毁容"问题。所以，我又把眼镜做了一次改造，在太阳镜下方鼻子的部位又加了一块布。

晚饭前问了一下向导，天气如何，计划怎样。我看得出，他们不太愿意跟队员探讨太多，可能怕队员心理压力比较大吧，或者，他们常规的方式就是这样？他们告诉我，明天接着往上走到C2，当天晚上在C2休息，之后再休息一天，相当于用两个晚上适应高海拔以后，再往上走。

我听了以后，做出了很惊奇的表情，然后开玩笑说："不要休息，直接向上走就行了。"

敢说这话，是因为之前有了铺垫。

今天在路上，我跟向导 Jatin 透露了一些自己的情况。他 1993 年去过位于巴基斯坦的布洛阿特峰，4 个人，用了 65 天时间，在没有氧气没有路绳的情况下尝试攻顶，最后还是没有成功。说到这里，我就和他说起我的布洛阿特峰登顶经历。前两年我也去过布洛阿特峰，因为当地向导的原因，23 天内攻顶 4 次，最后终于成功。那一年，布洛阿特峰只有 11 个人登顶成功，其中没有一个当地人，还有 2 人遇难。大家都知道，当地的向导和背夫的攀登能力很厉害。他们最后没有登顶，说明攀登这座山并不容易。他听完，向我竖起了大拇指，态度和表情立刻发生了变化，对我立马另眼相看了。所以，晚饭前他们谈到计划的时候，我就敢提出，直接往上走就好。

"1 月 31 日是中国的大年初一，这个节日对于中国人的意义，就好像西方的圣诞节对于西方人一样。如果我能在这个时间登顶，那就太开心了！"我又打出一张感情牌。

因为在此之前的计划是，2 月 1 日或者是 2 月 2 日攻顶。所以，他们俩用西班牙语商量了半天，有时候也会夹杂一点点英语。我虽然听不懂，但从他们的表情和对话语气上猜测，是在讨论 1 月 31 日有没有成功登顶的可能性。

晚饭前，测量了一次血氧含量值，居然是 93！太不可思议了！我自己都惊呆了。我以前在海拔 5000 多米的时候，血氧含量一般在 70 左右，有一次在卓奥友峰发烧时

△ 我和 Rodrigo

最低到过 42（严重低于正常值，危险状态），现在海拔 5400 米，血氧含量 93，这样的指标已经可以和夏尔巴的高山向导不相上下，应该是在身体对高海拔适应得很好的情况下才可能出现。所以，向导们肯定也认为我的状态非常好。

1 月 29 日了，我又跑去问向导，今天的计划是否有改变。

他笑了笑，然后说，上到 C2 再看天气吧。实际上，我的这些玩笑或者这些问法，都是想给他们一种暗示，我希望能早一点上去，让他们对我们的攀登有信心。

今天的行走是从 C1 到 C2，3 个半小时，慢悠悠地，也没有头痛，非常轻松。到了 C2，帐篷已经搭好了。在这里，虽说不用我们搭建帐篷，但是拆帐篷和背东西，都需要我们自己来。不管怎样轻松，到这个高度，人都是一身软绵绵的，但大家都尽量保持着轻松良好的心理状态。

天气真是太好了！下午，向导们准备了一次海拔 5400 米的露天茶话会，非常简单，也非常冷，但是能在帐篷外喝着茶，吃着饼干，聊聊天，一边听着音乐，一边探讨下一步的行程，这样的沟通让人与人之间感觉更和谐。

我这个不太喜欢喝水的"旱骆驼"，最近每天都喝很多水，咳嗽呢，还是没有好彻底。但是，每次向导问我，"身体怎么样？"

△ 露天"茶话会"

我都跟他讲"很好，咳嗽好了一些"。

向导特意又问我："今天的路程怎么样？"

我拉长音调说："Very——very——easy！"

实际上，攀登时，我从来不会这样高调，但是这次我感觉得出，组织方比较保守，所以我就高调一点，说："非常非常容易。"

明天就是中国的年三十了，我在营地和家人一一通了电话。那边已经是 1 月 30 日早上 8 点钟，孩子们本来计划睡个懒觉，谁知被我叫醒了。我还以为她们俩会埋怨我吵醒了她们，实际上，一点也没有，孩子们真的是懂事了。大女儿开开说："妈妈，没事，我也该起床了。"她问我，"妈妈，你看到南极的企鹅了吗？"

我回答她："妈妈看见的企鹅都比较小，没有看见大的，因为想看大企鹅的时候，会带着你和妹妹一起看，所以看了小企鹅，妈妈就先走了。妈妈已经在南美了，过几天就可以回到城市了，等我休息时再打电话给你。过两天你就要去维也纳金色大厅演出，去演出的时候把你的手机带上，到时候妈妈就可以和你视频通话了。"

这时，妹妹接过电话，我对她说："你明天要和爸爸去加拉帕戈斯玩去了，你不能总是欺负你老爸啊！"

老二开心地回答我："妈妈，是他欺负我，昨天他还'扁'我呢！"

"爸爸是跟你开玩笑呢。"

"是真的，不信你问他！"

"那妈妈问他！你现在也长大了，这次和爸爸、姐姐一起出去玩，好好照顾自己，好吗？你们和爸爸一起出去玩，妈妈真的是很开心。"

妈妈接电话时，正在厨房里包饺子。

"妈，你又在厨房忙着做饭呢？三十晚上包饺子多好呀，多吃点！"

我又和妈妈唠叨了几句，妈妈把手机给了发强——

我问他："你还在睡懒觉呢？吵醒你了？你们明天去加拉帕戈斯，所以今天不给你打电话就联系不上了。"

他问："你在哪儿呢？"

"我现在在阿空加瓜山呢，5400米，之后就不方便通电话了。马上是新年了。可可说你欺负她。她们现在都是大孩子了，要注意自己和孩子的沟通方法呀。"

"好的，没事，我会照顾好孩子的，你放心吧！"

"我回到城市里再给你打电话，春节快乐！你别跟老爸老妈说我在山上啊！不然他们又该担心了。"

"好的，注意安全，新年快乐！"

"我不跟你多说了啊！新年快乐！"

1月30日，大年三十，这里没有一个人说"新年快乐"，我也没有任何过年的感觉，但也没有任何的失落，平静得不能再平静。

天气依然非常给力，一直都有大太阳，没有下雪，听着音乐，有节奏地闲庭漫步，不到3个小时，走到了C3。这几天我都是背着自己的睡袋和随身行李，一点也不比向导轻松。相比珠峰的向导，阿空加瓜山的向导轻松很多，因为这里的公用物资和食品完全是由背夫来完成运输的，向导只是背着自己的背包，只管带着客户走路攀登就行了。

由于组织方非常保守，所以我自己一直主动表现得状态非常好，希望能尽早攻顶。

直到现在，我和Mark之间还是没有找到拍摄的默契。出发前在讨论专业摄影师的任务时，我期望他能做一部分当地的人文采风、记录，有机会也应该采访每个向导，但这些他几乎都没有做。而且，如果此次行程中要出问题的话，他出问题的概率比我大。他的能力和体能都没有问题，可是因为需要带装备，要拿相机、电池这些额外的东西，这就增加了出事的概率。

1月31日，2014年的大年初一，队伍决定，早上5点半准时出发，准备最后的冲刺。

昨晚整夜都没有睡好，翻来覆去地咳嗽，要命！看了不下二三十次手表，一会儿醒来看一次，一会儿又看一次，然后又起来看一次……终于，早上了。

5点15分，出发。

走了不到3个小时，到达了海拔6300米的小木屋，开始整理所有的保暖装备，大的小的，羽绒服羽绒手套，统统都穿戴上，在南极穿的保暖服装全用上了。

我有点不太确定，问向导："有必要把两件羽绒服都穿在身上吗？"

他说："穿上，山脊的风非常大！"

果然，走上山脊时，一直有风。向导叮嘱说，走山脊时全程都不能停下来。据说，阿空加瓜山最令人胆寒的是一种"白风"，它可以一次性数天甚至数周刮个不停地冲击山峰。还好，我们赶上的不是这种。

一直向上攀登，走了很长一段，差不多有两个小时。我已经感觉到非常吃力了，走得非常慢，在岩石区停下来休息的时候，向导也看出我的状态不佳。

他问我："你是不是背的东西太多了？留一些东西在这个地方吧。"

我指了指胸前的摄像机、照相机说："可能这些有点沉，但是我需要把它们带到顶峰。"

△ 初一出发去登高

我希望向导能帮我分担一些，可是，没人接话。我就停下来把摄像机拿下来放进背包里。登山时，同样一件东西，挂在胸前和背在背后，重量感不一样。挂在胸前会更难，因为它会摇来晃去，也有可能挡住视线或影响攀爬。

　　状态不好，让我感觉通往顶峰的路非常艰难。有一段，因为咳嗽，我一直头痛，我把雪镜的松紧带调了调，之后似乎好了一点。我们4个人当中，我走得最慢。最后一段，完全没有任何感觉和想法了，头晕头痛得厉害。

　　下午1点15分，终于到达了顶峰。天气非常好，但是风很大。我们快速地照相、录音、拍视频，然后回程。

　　说实话，这座山的攀登，没有太多的技术难度，但是因为攀登时不借助路绳，每个人单独走，所以下山的时候依然要精力特别集中，千万别滚到山底下去了。

△ 登顶阿空加瓜山

静静致极

阿空加瓜山的攀登，一共在山里花了 5 天时间。从冲顶再一口气跑回大本营，却只用了 12 小时 15 分钟，心里那个痛快啊！下到大本营时，听说当晚就有飞机进来接我们出山。一想到晚上就可以回到酒店，就可以洗澡，就可以换上干净衣服，就可以睡在床上了，哎呀，真的是太开心了！

　　2014 年，大年初一登高，这是最好的开始。离开大本营之前，我背着背包，对着这座南美洲的最高峰，闭上眼睛做了一次虔诚的朝拜。我一直觉得山与人是相通的，山可以听见人的默默私语，何况，这还是一座能够召唤人的神山。

笑/舞/群/山

科/修/斯/科/山

大洋洲

科修斯科山　Mt. Kosciuszko

山　脉：大分水岭山脉

海　拔：2228 米

峰顶坐标点：36°27′2.50″S
　　　　　　148°16′1.96″E

生活的真谛在于热情。

——［葡］斐迪南·麦哲伦

>> 2月1日凌晨，我们回到了阿根廷门多萨的酒店，准备在这里休整两晚，然后去智利的圣地亚哥，办理俄罗斯签证。

第二天，探险公司请我们吃饭，庆祝阿空加瓜山登顶。去吃饭的路上，在车里，我听 Mark 和探险公司的人聊天，"Jing never stops, we have to have a rest for health." 听上去，他像是在和他们说目前的行程太紧张了，应该休息一下再继续。之前我的计划是，看看当天我们能否离开门多萨去圣地亚哥，办理我的俄罗斯签证，然后在圣地亚哥休息。但是 Mark 的理由是：这一天是周日，人家不上班。周一再去，他的意思是在门多萨休息3晚。

可是，对于我来说，签证的事情更重要，我提早一天去，也许就能知道是否可以顺利办理。如果周日能到圣地亚哥，周一去办，就可以早一天知道签证的事情究竟会怎样。我想他一定是期待在门多萨多休息几天。我不想因为这件事搞得气氛不好，就跟他说，那这事就由你来做决定，改签机票的事，就麻烦你帮忙和 Russell 沟通处理了。最后我们就定在了2月3日，也就是周一下午，飞往智利圣地亚哥。

晚饭结束回来的路上，他一直在说 Russell 没有给他回复邮件，又说改签机票的事很麻烦，讲了两次。出门这么久，这是我第一次让他来帮忙处理这种事情，没想到弄得这么闹心。

考虑到我们去攀登澳大利亚最高峰科修斯科山时，正好在奥克兰转机，他也很久没有休息了，可以顺道停下来多休息几天。夜里，我做了一个决定，接下来去攀登澳大利亚最高峰科修斯科山时，他就不用和我一起去了。

第二天早饭时，我将此决定亲自告诉 Mark，他听了还蛮开心的。我也将决定写邮件告诉 Russell。我也想体会一下，自己一个人走一段行程感受如何。改签的事情，我让北京的助手去完成。看来每一件小事都离不开自己上手安排解决。

2 月 3 日，还没等我上圣地亚哥的飞机，就得知，圣地亚哥不能办理中国人赴俄罗斯的签证，所以我马上按照预先的安排，把机票改签为从圣地亚哥飞奥克兰，希望在那里能够办理签证。不料也被告知，新西兰也不能办理，那就只好等到奥克兰再咨询下一个方案，反正是一边走一边安排，随时准备调整行程应对变化。

真的是太困了，一上飞机我就想睡一会儿，但是头晕，想睡又睡不着，一想到俄罗斯签证的事还没搞定，就放不下心来。

自从出门那天到现在，睡眠成了大问题，总是碎片式的，不可能有规律，每天睡眠从来没有连续超过 5 个小时，困了只能随时随地打盹儿。没有办法，频频遇到时差问题，根本没有机会倒过来，每一个行程都面临新的时差，每一次在山上更是没有完整的时间概念，总是会遇到在凌晨或者半夜出发，有时候甚至几十个小时不能睡好觉。圣地亚哥和奥克兰有 5 个小时时差，对我而言，这只是一个数字，已经没有具体概念了。接连睡不好，我决定下一站准备一瓶安眠药，在应急时用。安眠药这东西，我还从来没见过，都不知道长什么样子。

2 月 5 日到达奥克兰，下了飞机，新西兰的朋友 Tim 来接我，一个多月没有见过中国人，没有机会和中国人说话了，见到朋友，那个开心啊。

我入住了酒店，Mark 回家休息。分手前，我们商定，之后再联络关于签证和拍摄素材递交的事情。结果当天下午，我后面的规划就确定下来了，需要在奥克兰住两晚，之后就要去位于印度尼西亚的查亚峰。

我马上与 Mark 联络，因为 2 月 6 日晚上 10 点前，需要他将之前拍摄的视频素材送到我住的酒店，这样才能把它们及时交到熟人手上。但是他说他还在回家的路上，没有办法给我。我又补发了一条短信给他，问他能否请人送过来。开始时，他没有给我回信，后来回复说，他办不到，但是也没给出解决方案。这让我挺郁闷的，因为之前我们已经商量好了，我去澳大利亚的时候，需要他把拍摄素材全部交给我，然后我找人带回中国。之前我并不知道他的家离奥克兰多远，他也没有提及。实际上，他的家距离奥克兰乘飞机一个多小时，然后还要开车两三个小时才到，所以他说办不到。但是，如果是这样，他也应该把这些事情处理完了再回家，把素材交给我并不是什么难事。

我突然间意识到，去乞力马扎罗山的攀登时间也会很紧张，没有休息时间，中间需要转机、坐汽车，从海拔 1000 多米到 5000 多米，都要快速完成。要不就不让他去乞力马扎罗山了，让他在家多休息几天吧。

我马上又委托翻译给 Russell 写了一封邮件，告诉他，我决定不让 Mark 跟着我去乞力马扎罗山，请他 2 月 17 日直接赶赴下一个行程目的地，这样安排的话，他可以有 12 天的休息时间，可以好好缓解一下状态。对于我，也不会因为快速超常规行程和他的状态不佳影响到整个项目完成。

我的这个建议，Russell 非常同意。按照这样的安排，我在澳大利亚的行程结束后，一个人直接去攀登乞力马扎罗山，2 月 17 日再飞印尼，18 日就可以到达查亚峰。接下来我就会有时间回中国，有一周左右时间去办理俄罗斯签证，然后再去攀登俄罗斯境内的欧洲最高峰厄尔布鲁士山，之后紧接着攀登勃朗峰。

早上 6 点钟，我给 Mark 发了一条信息，请他 2 月 17 日直接飞查亚峰，让他把已经拍摄好的素材，拷贝两份，一份送给我新西兰的朋友 Tim，请他在 2 月回国时带回北京；另一份，邮寄回北京。这样的方式最保险，即使有一份素材不慎丢失或者出现其他意外，还有一份保存下来。下午 1 点多钟，他还没有给我确认回复。

△ 独自上路

2 月 6 日我决定 7 日一早就飞澳大利亚去攀登科修斯科山，这个行程是到奥克兰刚决定的。我的地球九极项目有两站"争议"行程：一站是科修斯科山，另一站是勃朗峰，因此我也把这个行程称为 9+2。关于 7+2，曾经有人认为大洋洲和欧洲的最高峰应该分别是科修斯科山和勃朗峰。所以在我的总行程中就计划安排了这两座不确定性山峰的攀登。

科修斯科山不高，2228 米，没有任何难度。当地的住宿和交通，我想就麻烦 Russell 取消既定安排。正好朋友杜鹏和夫人在澳大利亚，他们可以开车来机场接上我，帮着协调安排当地的一些事，我们可以一起去登这座山。

2 月 7 日，我从奥克兰飞堪培拉。

不料，转机时遇到了麻烦：澳大利亚的行李托运规定正好与新西兰奥克兰的相反，箱子可以按照常规托运，但是需要把里面的电池一一取出来，用机场规定的胶带捆好，放在小包里随身携带；而在新西兰，摄影器材和专业箱里的电池，不需要取出来，直接托运即可。而我的另外两个驮包，要按照超常规行李去单独的地方托运。

△ 折腾人的电池

杜鹏开车来接我，我一眼就看见车上贴着大大的探路者标志，写着"勇敢的心"，感觉好亲切。一路上和他们夫妇聊天，开了不到两小时，到了一个叫 Jindabyne 小镇的三层公寓式酒店。二层和三层住人，一层起居。我住三层，房间里没有空调，比较热，但是空气非常好，心情也非常好。之前悬而未决的事情决定下来，这几天心理压力暂时得到缓解，到了说中文的环境心里也轻松了许多。出门后两个多月，一直没有办法整夜连续睡眠，我当晚准备吃一片安眠药，希望能多睡会儿，结果这天晚上睡得也比以前好。这是从离家到现在最长的一次睡眠，连续睡了 5 个小时。我想未来的 3 天身体能得到一些放松调整。

2 月 8 日，我们开车来到科修斯科山脚下。

车到山腰停下，徒步路线起点有明显的路牌标志，来回 18 公里。我们走的路，基本上都是平、缓、宽。路边有一条小溪，清澈见底，水底全是石头，还有小鱼。

科修斯科山，我们大概用了 4 个小时就走到了顶峰，我散着步就上去了。这是我登山以来第一次穿着裙子登顶，也是第一次在顶峰停留那么长时间。

到顶峰后，我们待了一个多小时，吃自备的午饭，聊天。天气很好，阳光普照，吹着小风，一点不热，舒服极了。

下山共用两小时。有朋友在身边聊着天，心态就像是周末郊游，感觉彻底放松了。

△ 礼物似 "雪绒花"

△ 登顶科修斯科山

静静致极

没有心理负担，心境愉悦，就有闲暇去看风景。澳大利亚袋鼠非常多，在路边随时能够看到。我们在路边走，就能看到袋鼠在栖息地吃草，有时吓它都不跑，一直在那儿吃啊吃。我们在马路上开车，两只袋鼠从马路这边穿到另一边，一点不慌张，就像是小学生放学回家过马路一样。

回到住处，我们自己开伙做饭，炒了一盘鸡蛋青菜，外加豆腐乳，一起庆祝我们3个人的科修斯科山登顶。杜鹏太太平时运动不多，今天的18公里，她说："确实是一个突破。"到达山顶时，她特别激动，说如果不是因为她先生和我在的话，她不可能跑到这里来。

很多时候，一个人不知道自己的能量有多大，可能性有多大，但是，如果身边有人给他鼓励和支持，就能做出很多意外之举。

2月9日，我和杜鹏一家去体验无动力滑翔机飞行，杜鹏是这方面的专家。堪培拉附近有一家滑翔机俱乐部。无动力滑翔机通常使用两种方式起飞：飞机牵引起飞或绞盘车牵引到一定高度后脱离牵引机，然后靠上升气流盘旋而上，飞行高度可以达到上万米，无动力飞行距离可以达上千公里。还有可以自主起飞的滑翔机，借助一台小型发动机起飞，到达一定高度后，关闭发动机，开始无动力翱翔。

滑翔机的魅力在于，虽然你是飞行员，虽然一切由你来掌握，但是你必须跟大自然保持和谐一致，你必须遵从大自然的规律，去了解大自然，适应大自然。因为它为你提供动力，你不能控制它，命令它，你只能顺应它，才能像鸟儿一样在空中飞翔。这就是滑翔机飞行感觉如此美妙无比的原因。

目前在中国，对于普通人，滑翔机飞行还是很神秘的运动项目，很少人有机会体验。实际上，在澳大利亚和其他很多国家，这项运动非常普及。体验一次滑翔机飞行并不是很贵：我们飞行了大约 40 分钟，花费是 190 澳币，相当于不到 900 元人民币。

飞行中，我和当地教练聊得很开心，他破例带我在空中嗨了一把。我们在空中连续翻滚 3 圈，真是像鸟一样自由飞翔，不过，也真是晕，晕得想吐！滑翔机空中 3 个连续翻滚，平时是很少能体验到的，一般教练不愿意做这样有难度的飞行。杜鹏说："你是第一个体验空中三连翻的中国女人。"为此，我们下午回到酒店后，杜鹏夫妇做了可口的中餐，外加澳洲牛排，又庆祝了一番。

10 日中午到下午，我们去参观堪培拉的国会大厦。我之前一直以为悉尼是澳大利亚的首都，其实堪培拉才是。

堪培拉城非常小，没有高楼大厦，基本上都是两三层高的建筑，一点也看不出"一国之都"的气势。

△ 滑翔

开车路上，我注意到一个有意思的现象，路边竖立着很多红色杆子，这是干吗用的呢？原来，堪培拉的一些区域是滑雪胜地，冬天时雪很大很多，常常会把马路都掩盖了。在马路两边竖一些红色的杆子做警示标志，司机就不至于把车开到马路牙子外面去了。

参观国会大厦的时候，人非常少，在楼上可以看到议会大厅，工作人员正在底下讨论某项活动。无论是游客还是当地人，都可以随便进到这个相当于北京人民大会堂的地方来吃饭喝咖啡，这种感觉跟在国内特别不一样。

在堪培拉的 3 天，是轻松完美的 3 天，有朋友夫妇全程陪同，我的睡眠和身体也一天比一天好，而且这一次轻松徒步登顶，颇有金庸小说里的侠女之风——

着裙漫步，笑舞群山。

仙 / 境 / 畅 / 游

乞 / 力 / 马 / 扎 / 罗 / 山

非洲

乞力马扎罗山　Mt. Kilimanjaro

山　脉：乞力马扎罗山山脉

海　拔：5895 米

峰顶坐标点：03°04′33″S
　　　　　　37°21′12″E

在西高峰的近旁，有一具已经风干冻僵的豹子的尸体。豹子到这样高寒的地方来寻找什么，没有人做过解释。

——［美］欧内斯特·米勒尔·海明威

>> 2月11日，从澳大利亚墨尔本转机到卡塔尔多哈，再转机到坦桑尼亚的乞力马扎罗国家机场，20多个小时飞行，累得够呛。我在机场买了一个带遥控器的Gopro3+，又多了一台摄像设备。

来接我的攀登乞力马扎罗山的向导，名字叫Good Luck，希望一路给我带来好运。他英文挺好，还会一两个中文词。别看他年纪轻轻的，据说已经登过乞力马扎罗山100多次。

他拿出地图讲述安排，是6天的行程设计。我觉得4天就可以完成登顶：明天12日，是第一天，后天13日，是第二天……他安排了两天返程，我觉得一天就可以。

不过计划是计划，具体安排还是需要在山里看情况而定。从海拔1000多米爬到5000多米，如果4天完成，每天海拔上升是1000米，还是不容易。如果垂直海拔4000多米只用一天下山，还是有挑战，至少会非常累。

从10日早上一直到11日晚上7点，如果再算上时差，已经过去30多个小时，我在超级忙累中居然忘记了洗脸。回酒店就洗澡，然后开始收拾第二天早上出发需要的东西。这样的行程安排，已经完全没有按时吃饭睡觉的概念，有时候甚至连时间概念都没有，基本上是想吃就吃想睡就睡。也可能是，想吃想睡，但就是吃不着睡不着，也可能还没到吃睡的时间，就不得不开吃开睡了。比如今天跨时区飞行，不知不觉吃了3顿早餐：从墨尔本到多哈，一顿早餐；多哈转机厅，又一顿早餐；然后上飞机，再一顿早餐，这个饱啊。

攀登乞力马扎罗山有很多条路线，常见的有 6 条：马兰古（Marangu，也称可口可乐线路）、龙盖（Rongai）、莱莫绍（Lemosho）、沙拉峰（Shira）、翁背（Umbwe）和马切姆（Machame，也称威士忌线路）。其中，翁背和马切姆路线风景最好，但较陡峭。龙盖路线最易攀登，但沿路景观较差。马兰古路线一度最受欢迎且起始难度较低，但因为海拔适应不好而易发生高原反应或者体力不支，有很多人因此不能登顶。从乞力马扎罗山的普通路线攀登，都无须借助专业登山装备，也用不到专业登山攀岩技术，只是需要注意保暖和海拔的适应。但如果想从其他路线尤其是从冰川一侧进行攀登，则必须是专业登山者。每年都有大约 1 万 ~2 万人试图攀登乞力马扎罗山，但登顶成功率不到 50%。这个登顶数据让我很吃惊，我猜测登顶率之所以这么低，可能是大多数人都轻敌，没有提前做好充分的准备工作。

我们这次选择攀登乞力马扎罗山的路线，和我之前两次行走的路线都不一样。以前走的马兰古路线相对容易，我 3 年前带着 9 岁的女儿开开和 7 岁的女儿可可来攀登过。乞力马扎罗山高 5895 米，这次选择的路线，Good Luck 说是乞力马扎罗山攀登路线中最陡峭、最美丽也是最难的翁背路线，从 1685 米处开始徒步，路线高差加起来有 4210 米。单从高差来说，若想 4 天内完成并返回山脚下，难度已经不小。

到乞力马扎罗山国家公园门口办手续准备出发时，我和另外一支队伍的一位非常有

▲ 乞力马扎罗山国家公园门口

经验的向导聊天，聊到我的行程安排。

他说："4 天完成？这是不可能的事情！"他接着强调，"你确定是这条路线？不可能！至少你也要 6 天时间。"这话让我也开始怀疑，4 天真的能完成攀登吗？

Good Luck 特别能侃，开玩笑接话说："其实，爬乞力马扎罗山，3 个小时就可以到顶峰。或者走一条可以开车上去的路，一天就能上下。"

我们来的路上，路过一个村民居住的地方，旁边是一片香蕉地。Good Luck 向我介绍了当地一种用香蕉制作的酒，叫香蕉酒，3 天就可以制成。可当我开始拍摄的时候，还没等拍完，Good Luck 就催我："赶紧走，赶紧走！"我不明就里，只好跟着他上车。在车上，Good Luck 告诉我，做香蕉酒的人想朝我要钱。我觉得给一点钱没有关系吧，但是在当时的情况下，却不能给，因为他觉得有风险，不能让其他人看到我的钱放在哪儿。

我拍摄另外一个区域的时候，当地人看到我拿着摄像机，便使劲地叫，意思就是说："不能拍！"当时我赶紧停下来，心想，接下来一路上就没有太多的居民了，这条进山的路又是一条非常规路线。我有点担心，自己对当地习俗了解不够，如果拍摄或者做其他事的过程中，出现一些误解就不好办了。所以，说不让拍，我赶紧就把机器收起来，尊重当地人的习俗。

在国家公园门口趁 Good Luck 办手续的时候，我去了一趟公园的厕所，厕所门连个插销都没有。出来我再一观察，即将出发的

△ 临登山突登山的当地向导

一支登山者队伍和当地的背夫，加起来三四十个人的队伍中，只有我一个女性。正在往脸上拍防晒霜的我，心里突然有点紧张，马上在脸上轻抹了一下就停止了在脸上"啪啪"的拍打，生怕有人注意到我的女性特质。

中午 12 点左右，我们开始徒步，到营地已经是傍晚 5 点多，行走时间大概 5 个小时，搭好帐篷就快晚上 9 点了。根据向导介绍的行程，我提议，把本来应当两天完成的行程缩短为一天，第二天一早 6 点起床，7 点半出发，一天从海拔 2800 多米到海拔 4200 多米，然后再下到海拔 3900 多米的营地，多走一站，一天跨越两个营地。因为背夫不和我们登顶，他们只会到 4000 多米的营地休息，所以也不存在海拔问题，而 Good Luck 更不存在海拔适应的问题，就看我的适应情况了。

非洲是人类的发源地，也是我的登山起步点，乞力马扎罗山是我攀登的第一座雪山。在非洲斯瓦希里语中，"乞力马扎罗山"意为"光明之山"，它是世界上最高的火山，素有"非洲屋脊"之称，许多地理学家喜欢称之为"非洲之王"。我第一次见乞力马扎罗山，觉得它就像一位穿着五彩衣裙的少女，端庄地站在非洲大地上。由乞力马扎罗山开始，我爱上了登山，一登就几乎全是 8000

△ 风景如画

米级的高海拔山峰，现在又开始尝试最短时间挑战完成地球九极。

　　非洲虽然贫穷，但这里的一切都让我感觉非常亲切。队伍里每个人每天早晚都会和我打招呼，大家渐渐熟悉起来。我觉得，不管生活在哪里，说什么样的语言，过什么样的生活，人心都是相通的。我去过很多地方，感受是，即使语言不通，只要你的行为是善意的，大家都会非常友善地对待你。

　　但是，有一样东西除外——老鼠。

　　营地里的老鼠太多了，多到令人恐怖。我必须随时把所有帐篷的门全部关好，不然的话老鼠会窜进帐篷里。即使拉上帐篷门，也一直有老鼠在帐篷边上转来转去，它们的影子就映在帐篷四壁，还时不时钻到帐篷的垫子底下拱来拱去，让人起一身鸡皮疙瘩。

　　2月13日早上8点出发，一直到下午5点到达营地，9个小时，山路非常陡峭，但是景色奇美，就仿佛是哈利·波特故事里面的魔法世界，又像《阿凡达》里面的外星魔境，太迷人了！而且，我完全可以按照自己的想法拍摄，心里非常放松和享受，一路边走边拍，很有兴致，有时哼着小调，有时和大家互动："Hakuna Matata！"这是特别开心的意思。路上还总是有猴子在叫，却看不见其身影，后来我们下山的时候，意外地见到了，这种猴子的尾巴居然是白色的，漂亮极了。穿越茂密的森林时，我一度担心这里有蛇，问Good Luck，他说现在已经海拔2000多米了，太冷了，不会有蛇，也没有蚂蟥，尽可以放心走。

到海拔 3000 多米时，又看到"胡须"树，毛茸茸的，飘在 3000 多米的高处，底下是悬崖，远处是瀑布，在停脚的地方无意中回头一望，竟看到了乞力马扎罗山的顶峰。这一季乞力马扎罗山的顶峰有雪。我来之前几天还有大风，森林里的树有的被连根拔起，有的被拦腰折断。实际上，乞力马扎罗山顶峰的雪已经在慢慢消融，7 年前我第一次登顶，雪就不多，2013 年我看到的雪也非常少。但今年，据说刚下过非常大的雪，所以看起来就像海明威笔下描写的那样——

"壮丽、雄伟，开阔得仿佛整个世界，白色的冰雪令人难以置信地在阳光下闪耀"。

今天是 2 月 14 日，元宵节，情人节，但是在山上，一点点过节的感觉都没有。下午，我动手改造做了一顶带檐的帽子，可以防晒挡风保暖，算是给自己的一个礼物。我自己非常喜欢这顶帽子，材料柔软，方便收戴，登顶和下山的时候都可以用。

我和向导商量了一下明天的行程，已经到达了海拔 3900 多米，可以准备直接从海拔 3900 多米上到 4600 多米。

我跟他讲："要不，我们直接从下一个营地一路到顶峰吧？"

估计是他看到我这两天的实力后，对我这个建议好像有点动心。

上山时，Good Luck 一直在身前挂了一

△ 向导 Good Luck
▽ 飘飘若仙的"胡须树"

个大袋子，鼓鼓的，好像照顾什么宝贝似的，一路带着。我刚刚才知道，里面装的居然是氧气瓶！他们居然一路带着氧气瓶上山！我很惊讶，这座山的总体高度只有海拔 5000 多米啊。

我问："你们为什么带氧气？"

"你是不是从来没有用过氧气？"他反问。

"通常我都是到海拔 7000 多米才用氧气。"

他听后，就开始考虑，是不是可以尝试直接从 3900 多米的营地上到 5800 多米的顶峰。

我问他："你有没有从这样的高度直接攀到顶峰的经验？你可不可以做到？"

"如果你可以做到，我应该也可以。"他说。

△ 排队登山

　　继续向上攀登，感觉非常轻松，出发不到两小时，我们就到达了海拔
4600 米处了。天空开始出现雨夹雪，看似是雪花，落在身上就变成了水滴。
于是我换上了我的团队研发的"探路者"雨衣。这件雨衣最大的优点是可
以直接把后面的大背包也给罩上，在这种环境中非常好用。

　　Good Luck 建议，晚上 11 点出发去攻顶。

　　我问他："什么时候日出？"

　　"6 点 30 分左右。"

　　这样算起来，如果夜里 11 点出发的话，我们也有 7 个多小时的登顶
时间。他说，通常情况下，从这里去攻顶，大约需要 6 ~ 8 个小时。

　　我算了一下，7 个半小时？用不着吧？

　　然后，我与他商量决定，"我们半夜 12 点出发。"

　　真正出发的时间是 15 日凌晨 0 点 05 分。

　　路上长长的队伍，前面大概已有两三百人。

　　　　　　登顶乞力马扎罗山的队伍，通常都会在
　　　　　夜里 11 点左右出发。所以，在这个时段，
　　　　　路线上有两三百个人很正常。有的人很兴奋，
　　　　　但一看就没经验，还在大喊大叫地唱歌。
　　　　　我心想，难怪登顶率这么低。

　　　　　　我边走边录像边超车。

　　　　　　Good Luck 一度提醒我，"慢一点，慢
　　　　　一点，否则到了顶峰，天还没亮呢。"

　　　　　　快到顶峰的时候，我们已走在长队最前
　　　　　面了。其间，一名奥地利向导一度超过了我
　　　　　们，跟我说："你太快了！"

15 日早上 5 点 05 分，到达顶峰，用了整整 5 个小时。

一路上月亮高高在天上挂着，在刚开始的两个小时行走里，我都开着头灯，后来就不再戴，因为月亮很好。接近顶峰的时候，月亮又被遮住了，风非常大。所以，不管是什么样的山，如果有能力行动快的话，应该在安全的情况下尽可能行走得快一些，这样就有更多的机会躲开突发变化。

记得我第一次登顶乞力马扎罗山时，非常艰难，头痛得像针扎一样，要死要活地才攀登到顶。但是这一次就特别不一样，路线虽然难了很多，可是只在山里住了 3 个晚上就完成了攀登，状态非常轻松愉快。

因此，凡事无论多难，只要你努力去做过一次后，如果再经历类似的事情，就觉得根本不算什么难事了。

但凡经历过困难考验，尤其是生死考验，在做其他事情时都不会觉得

有什么困难。朋友说我的口头禅是"多大点事"，可能就是因为我经历过很艰难的事情，再遇到困难时心态容易放平和，遇到难事也就不觉得难了。可有时候我觉得自己这样说，只是自我安慰罢了。我也有把芝麻大的事当成天大的事的时候。人是情感动物，女人更是如此。

因为攀爬的速度太快，没有按照预计时间在顶峰看到日出，但在下撤过程中，如愿以偿，看到了日出。

我站在山上，看太阳一点点升起来，看它周围出现了七彩的光圈，是彩虹，而且是上下两道！

我曾经在珠峰顶看过世界上海拔最高的日出，但是这一次，我却被大自然感动得流泪。这天地之间的大美，着实无法形容。

我花了一个多小时拍摄整个日出过程，与大家分享大自然的奇妙。我忍不住第一时间在微信群里发了一张乞力马扎罗山的"彩虹日出"照片，有朋友被这种景色震撼，回复问："这是在地球上吗？"

这次的上山路线，是乞力马扎罗山最陡最险但也是最美的，走的人很少，一路穿越，感觉就像在魔境里。遗憾的是，我们只在路

△ 静谧日出

线上行走，没有机会走岔路深入森林深处。我想，原始森林里的景致一定更奇妙无比，下次再来时应该去走另一条不同的路。

有时候，两条路，风景决然不同，体验更千差万别。走哪一条，取决于选择，也取决于路上的心态。

从海拔 1685 米出发到海拔 5895 米，从 15 日早上 5 点登顶到当日回酒店，短短 3 天多时间，上下共有近 8000 多米高差，我都感觉有点醉氧了。再次想起攀登前，那位曾攀登过 100 次乞力马扎罗山的向导告诉我：“这条路线是从海拔 1600 多米开始攀登，非常陡，想 4 天完成？不太可能，至少需要 6 天！”结果，我在山里住了 3 个晚上就完成了攀登。

前两天在科修斯科山上我的脚磨出的水泡刚好，登顶后，一路下到海拔 1600 多米，长距离下山，两个大脚趾又磨出了两个大泡。持续行走，腿还好痛，特别累，只想待在酒店里，哪儿都不想去，3 天连酒店的门都没有出。

攀登结束后在酒店休整时，我测心跳，只有 42，简直不敢相信，我的心跳从来没有低于 60。突然想起 2009 年华大基因给我们 10 位登山者做了一项基因测试实验，看看我们在登山期间和海拔的变化会引起什么样的改变，还有就是看看队友之间有什么不同，结果显示，我是最普通的那个，后来这篇论文被发表在美国的权威杂志《自然》（*NATURE*）上。2016 年 1 月我受邀，作为主讲人之一，去旧金山参加一个基金投资峰会“SV Tech Venture Summit 2016”。 在会议上，我与一家做基因研究的技术公司创始人相识。据介绍，这家公司的研究成果也代表了目前世界上基因研究方面最前沿的科学技术，大家在会后的讨论中居然对我的基因感兴趣起来。可我因为行程安排得太满，基因测试取样只能在机场完成，目前结果未知。我的判断是，被测结果依然会和上一次基因测试结果相似：我的基因没什么特殊。这一判断来自于我得到的一个信息，人的体育天赋，基因只占 2%，其余的都是后天努力的结果。

下山后的这 3 天，就是放松。听音乐、洗衣服、整理东西、休息，为再次出发做准备。

上山攀登时，Good Luck 很早就把头灯关掉了。我还提醒他，不要那么早关。后来下山，因为月亮被遮起来了，需要把头灯打开时，他说他不用，看得见。但是我发现，其实当时视线并不好，他这样做，是为了省电。

非洲很多国家非常穷，乞力马扎罗山地区的人生活条件很差，有些甚至吃不饱穿不暖。乞力马扎罗山的游客和攀登者，给当地人带来了解决生活困难的机会。Good Luck 原来就是一个背夫，从和他的谈话中能感受到，他做事情非常平和，积极向上，后来被向导公司看中，就做了向导。这里有规定，为了给更多人工作机会，背夫每人最多背 20 公斤物资上山，所以工作还不算很辛苦。当地人的工资不高，消费水平也不高，小费就成为他们重要的收入来源。我和另外一个背夫聊天，他总是在抱怨，说他的工作不是工作，一直在抱怨自己的生活状态。我问他，你想要怎样的生活和工作？他也说不清楚。这个人的心态和 Good Luck 就完全不同，他们拿的工资和小费也相差很多。

一个人的心态和对待生活的态度，决定了他的生活品质。不同的心态和生活态度，导致的结果也不一样——

你抱怨，

生活就对你更抱怨！

你宽容，

生活就对你更宽容！

你愁苦，

生活就对你更愁苦！

你乐观，

生活就对你更乐观！

所以，我们要时不时地对自己和生活说："Hakuna Matata!"

孤/峰/飞/雪

查/亚/峰

大洋洲

查亚峰　Mt. Carstensz Pyramid

山 脉：苏迪曼山脉

海 拔：4884 米

峰顶坐标点：04°04′44″S
137°09′30″E

世界是属于勇者的。

——［意］克里斯托弗·哥伦布

>> 2 月 18 日出发去印度尼西亚，准备攀登查亚峰。

19 日下午 3 点 15 分落地雅加达，见到了当地的项目对接人 Hiro。我们在机场就开始讨论接下来攀登查亚峰的计划。

攀登查亚峰，更多意义上是一次冒险。光进山就困难重重。进山途径有 3 种：第一种是乘直升机到大本营，会受此地极其不稳定的天气变化影响，曾经有队伍等待十几天才飞进山；第二种是从北面徒步进山，穿过热带丛林，行程约 100 公里，需要 6 天抵达大本营，行军难度大，要抵御各种恐怖的热带虫兽和疾病的袭击，还要经过据说有食人风俗的当地土著部落；第三种是借道当地铜矿，从南侧 Timika 小镇驱车 105 公里抵达矿区末端 Zebra Wall，然后徒步抵达。铜矿不允许旅游者和登山者进入矿区深处或从矿区通过，必须利用夜幕偷偷进入矿区，就像是偷渡。我以前听过很多关于查亚峰徒步进山的惊险故事。

我这次选择飞进大本营，但依然不是件容易的事情。

我在机场就地整理攀登装备，挑出多余的东西留下来。查亚峰这座技术型山峰和乞力马扎罗山相比就是天壤之别。Hiro 说，从大本营到顶峰也许就 2~3 个小时，但需要所有的技术装备：头盔、安全带、上升器、下降器等。我想攀登应该非常轻松，就尽量精简，携带的行李非常轻，除了随身背的相机等，托运的驮包里大约就只有 10 公斤的登山装备。

我和 Mark 事先约好在雅加达见面，他从奥克兰来，然后一起坐 6 小时飞机，从雅加达到下一站 Nabire。

再次见到 Mark，发现他大胡子越留越长，配着一副小黑框眼镜，有时就从镜框上方看人。关于他，有件让我头痛的事情，我的纪录片项目规划人员在北京看了他拍摄我的素材，反映说 50% 以上的拍摄镜头存在硬伤，不是虚焦就是抖动厉害，根本不能用，向我提出，要换摄像师。

我得知后，头都快炸了！更换摄像师？哪有那么容易啊！我想 Mark 刚刚休息十几天，我再与他沟通一下。也许，是他换了新的拍摄设备操作不当？或者他的眼睛或者眼镜对焦存在问题？

以我个人的拍摄经验，我知道，这次紧张的攀登行程加大了拍摄难度，对于摄像师更是不容易。这次关于我的拍摄记录也是随机的，没有任何表演的可能性，就是现场真实版，现在的行程一个接着一个，都已经安排好了，如果换人将是很大的损失。我想可以先与他沟通问题并提出建议，如果还是做不到，再做决定。唉，真是头大。

2 月 20 日，我们在雅加达与 Hiro 等其他工作人员会合后，先转机到 Biak，到达时已经是早上 6 点，再从 Biak 转机到 Nabire，是 10 人左右的小飞机。这两个城市都是海边城市，飞机就在大海上飞，大约飞行了 50 分钟。

从 Nabire 坐车到旅店，已经是下午 4 点。

Hiro 问当地向导 Ian："现在去吃饭？"

"午饭还是晚饭？"Ian 问。

Hiro 笑了："好问题。"

频繁换地方、转机，从早餐的两片面包

一直挺到现在，我早已经饿了，赶紧接了一句："是晚饭。"

Hiro 说："现在 4 点，还有点太早，先冲个凉。5 点，我们去吃晚饭。"说完，穿着短裤拖鞋的他，自在地回房间了。

相比吃饭，他更在意让我吃药喷药：我们在雅加达一见面，他就给我一粒药，让我吃了。因为他是日本人说英语，再加上我的英语口语水平不行，我们俩沟通起来费劲死了，连比带画，我也没有搞明白为什么要吃这药，所以我一直没有吃。出发吃晚饭前，他叮嘱我，在脚上和脖子上喷防蚊喷雾剂，解释了好久，意思是说，如果被这里的蚊子咬到，会得一种很严重的病。怎么个严重法？Hiro 做了一个手势，手掌往脖子底下一划，说："咔！"然后吐出舌头，意思是说，会要了你的命！

一想到自己已经被蚊子咬过了，我赶紧喷药、吃药。他说这药需要连续吃 5 周，每周吃一次。后来我问知情的人才知道，原来，这里的蚊子可能携带传染病毒，包括登革热、脑炎、疟疾等严重的疾病病毒。

真正吃上晚饭，已经晚上 6 点多了，饿死了，饿死了！闻到厨房飘来的饭香，口水都流出来了。终于等来饭菜，我们一边吃一边商量明天一早的行程。

之前我听 Hiro 说，2~3 个小时可以登顶，我就提了一个大胆的想法："一天完成查亚峰，如何？"

大家全都目瞪口呆地看着我，包括向导 Ian。他曾经用 3 年时间成为印度尼西亚第一个完成 7+2 项目的人，两次登顶过查亚峰。

Hiro 说："一天内一去一回，几乎不可能，这样的攀登难度太大！而且，直升机搭载人数有限，除了我和向导以及必需的协作人员，Mark 也不能随行。"

半天，Ian 说了一句："Exciting!"

过了一刻，Hiro 又开口对我说道："You are the boss, you decide."

这时，戴着眼镜的 Mark，从镜框上用眼睛余光看了大家一圈，冒出一句："如果让我待在大本营，我就不用干活儿，可以回新西兰了。"

Hiro 看着我。

我回应 Hiro："没关系，这也是我的攀登方案之一。"

我的想法和回答，让 Mark 明显不高兴了，他一动不动，一声不吭。

晚饭后，Hiro 再次和我确定，查亚峰攀登，根本不可能一天内返回。如果第二天能返回已经是相当相当快了。

我这个提议仅仅是个设想，一切决定都必须在保证安全的大前提下进行。最后 Hiro 说："明早 4 点起床，5 点离开。已经连续转了 5 程，又来回折腾坐车，太累，太困，马上要休息，现在必须休息。"

2 月 21 日早上 4 点起床，准备乘直升机从 Nabire 机场出发去查亚峰大本营。飞往查亚峰的直升机，老得似乎所有零件都随时要稀里哗啦往下掉，载重有限，只能搭 3 个人，外加 50 公斤必备物资，所以每样东西都要称重。为保证飞行安全，我们一点也不敢超载。

△ Nabire 机场

第一趟飞行，是向导 Ian、后勤 Elgar 和我，一起飞往查亚峰大本营。接近查亚峰时下雨，大风，还有雾气，飞机极不稳定。驾驶员一边拿着氧气罩吸氧，一边紧张地四处观察，试图寻找合适的降落点，但在大雾笼罩的魔界般的原始森林上空，根本无法找到营地，我们最终被迫返回。当接机人员看我们返回营地，瞪大了眼睛，大吃一惊——怎么回来了呢？

2 月 22 日依然凌晨 4 点起床，到机场 6 点多，按计划依然是 Ian、Elgar 和我外加一些物资，飞第一趟。我们的计划是，落地后，先搭营做准备，同时等 Hiro 的另外一支登山队队员和我们的剩余补充物资再飞进来。

大约早上 9 点，飞机终于找到一块可以降落的地方，就把我们和物资迅速卸下了。现在海拔已经超过 4000 米，地上有冰雪，可我脚上还穿着洞洞凉鞋。

我们迅速搭建好了帐篷。这里根本不是查亚峰大本营，除了我们 3 人和一顶帐篷，什么都没有。因为原计划第二批进山的队伍中另外 4 名队员会进来，所以我们只携带了最基本的食物和装备。我们不能确定，直升机是否还能再进得来。如果今天直升机不能再进来的话，我和 Ian 计划，当天先行去攻顶，因为在我来之前，他已经在 4000 多米的地方完成了海拔适应。

外面的雨越来越大了。

非常遗憾，其他人没有办法再飞进来。

今天的查亚峰，只有我们 3 个人。

△ 飞机中吸氧的直升机驾驶员
▽ 更加难的道山飞行

我和 Ian 商量攀登计划。Elgar 说他也想一起攀登，但他是第一次来查亚峰，显然攀登经验不够，现在的海拔是 4200 多米，测量他的血氧，只有 60，心跳超过 130，他又没带羽绒服。从这些综合情况判断，他不适合一起去登顶，我断然否决了这一提议。Ian 也同意我的决定。

10 点 35 分，我和 Ian 离开营地，在 Elgar 的目送下出发攀登。两个陌生人，第一次搭档，攀登一座陌生而高难度的技术型山峰。之前 Ian 预计，4~6 小时可以登顶，8 个小时之内一定可以回来，如果是这样，我们天黑前肯定能回到营地。

我心里其实有一些担心。我记得，Hiro 之前曾告诉我，有一次，因为修路，天气也不好，他上下来回用了 20 个小时。和 Elgar 聊天时，他告诉我，尼泊尔有一座山叫阿莫大贝拉，我知道这座山，非常难攀登。他说："查亚峰比这座山还难。"所以我做了更充分的准备，带了两瓶水和一些食物，因为下雨，还带了两双备用的手套，一双备用的厚袜子，还有一根备用结组绳。

我们的营地距离通常的查亚峰大本营还有一段路程，由大本营往上，就是岩石路。

△ 飞机及营地
▽ 两个人的攀登

天大雾，得找路。

整座山上全是大雾，每一条上山的"路"，看起来都差不多。河床两边到处都是细碎的石子，地貌雷同，由于大雾看不清楚，不容易分辨路线。到底哪条路线才是正确的，Ian 也记不清楚。他找来找去，半小时后，终于找到了正确路线，而这条上山的路就在我们附近。

攀爬了一段，惊奇地发现，路线上有脚印！

难道山上还有其他人？

这些脚印让我浓雾般厚重的孤独紧张感略略消散了些。

我们判断，要么是今天还有其他人去登顶，要么是前两天有人曾经过这里。

再往前，看到了第一段路绳，还有一根手杖，矿泉水瓶，一个口袋。难道是今天攀登者留下来的？可是我们营地没有别的队伍，Ian 告诉我，有可能是别的队伍把营地扎在了我们看不到的另一边。

这里的攀登路线已经很陡了，我问 Ian："我们要不要结组走？"他说不用。可能是因为第一次搭档攀登，他不知道我的攀登能力如何，觉得结组在一起太危险。

Ian 先上，我等他上去，叫我的时候，我再上。

绳子上有很多的冰，很湿，上升器打滑，不容易抓住路绳，所以一定要轻轻地抓住绳子，更多的力量要用到旁边的石头上、山体上，而不能用到绳子上。

我发现，这段路绳是旧的，不是今年的

新绳，还有一些地方没有路绳，需要使用攀岩技术徒手攀登。

路上，我看 Ian 动作有点慢，和他商量后，我换到了前面领攀。

越往前走，Ian 的状态越发不对劲，他说有点头痛，走得很慢。我觉得他有点高原反应。但这座山峰的高度只有 5030 米，而他之前告诉我，他在一周前已经有了 4000 多米的海拔适应，我想海拔应该不会存在太大问题，他自己也说，接着往上没有问题。

时间飞逝，已经是下午 1 点 30 分，岩壁越来越陡了。如果要赶到天黑之前下来，我觉得我们必须尽可能快一点走，不能天黑以后才下山。可我不得不经常停下来，等 Ian。

在路线上等 Ian 的时候，我突然听到上面远处有人在说话。难道是其

△ 没有"路"的上山路

他人登顶下来了？也有可能是在登顶过程中，比我们提前出发的人？从声音上判断，距离应该不是太远，我们快赶上他们了。

不一会儿，我们碰到一支6个人的下撤队伍，3个日本人和3个韩国人。他们告诉我，到顶峰还有2~3个小时。

现在已经是下午2点多了，我们不得不再走快一点，我希望Ian能够跟上我，但是看样子有难度。如果照这种速度走下去，下山时天一定会黑，非常危险。我甚至开始想，是不是要和Ian商量一下，在某个区域，他停下来，原地等待，我一个人去攻顶，然后再回来找他？

Ian是向导，我不能轻易说出这样的想法。

海拔上升，雨夹雪，山路湿滑，加大了攀登难度。

我们终于上到了山脊。延绵不断的山体，越来越险，越来越陡峭，大雾笼罩，根本分辨不出哪里是顶峰。山脊路线长得似乎没有尽头。

眼前闪出了一条深深的山谷，有3条主绳索连接着我们所在的山脊和二三十米处远的前方主峰所在的山体。由于雾大，看不清山谷的具体深度，只觉得深不见底。

Ian从背包里拿出了溜索用的装备。做好保护后，他自己稳定住了情绪，然后向前一步，站到了绳索下方的岩石上，往绳索上挂溜索用的滑轮组装备。

我挂着保护绳，将辅助安全绳用主锁挂

△ 缓慢前行
▽ 快速经过下撤队伍

在了绳索结点处，作为他的应急救援系统。

"I'm first，then you." Ian 交代。

我这时自嘲了一下自己刚才"自大"的想法：一个人怎么可能跨越这样的天堑呢？

心里真害怕：用这种溜索通过方式，万一我中途遇到困难悬在高空中，又没有足够大的体能，根本就过不去，Ian 也根本帮不到我。

我整理好安全绳，准备根据他溜的速度控制好手里绳子的松紧程度。

他开始沿绳索向下滑动，向对面溜去。

我原以为，他会唰地冲到接近固定点位置。

但是，因为绳子上覆着的冰雪产生了阻力，我和他都没有预料到，他前行的速度远远不够快，第一次停住的位置，距离对面的固定点还很远。我看他非常费力，心里好担心他过不去。

行程刚刚过半，他就停在空中，歇了一会儿，再次用力，借助上升器把自己向对面拉了过去，几乎是拉三下歇两下，最后终于费力地到了终点。他把牛尾上的主锁扣在受力点上，他的身体与几乎垂直的石壁平行，只有两个脚尖踩在很小的岩石尖上。

"Good job! "我冲他喊道，但悬着的心还没有完全放下，因为他需要爬上石壁，才算成功抵达对面的安全区域。

他一而再，再而三，努力又努力，终于，

翻爬上了石壁。

我嘴里一直"OK, OK, OK"地念着，一边是鼓励他，一边是给自己打气。看着他上去了，我悬着的心终于落下来。

因为我一直半蹲着全神贯注地给他送绳做保护，当我站起来时，才发现，全身都麻木了，紧张得好像嘴都不会动了。我关掉了地上正在摄像的摄像机，站起来活动活动，缓了缓，接连深呼吸几次，才稳定住自己的情绪，准备挂安全锁开始高空跨越。

因为索道有一点坡度，加上绳索弹力，人吊上去，自然就下沉，需要借助上升器用力往上攀拉。看到Ian都费力折腾了那么久，我知道一定需要用很大力气才可能过得去，但同时也害怕一下把自己甩到空中，万一没有做好安全保障系统而掉进万丈深渊，真是胆战心惊。还有，万一体力不够，过不去，悬空停滞，Ian也无法救援，我可怎么办？

但这一关必须得过，这是唯一通向顶峰的路。

Ian溜过去的时候，有我给他拉绳子，但现在——

我只有我自己，我只能靠自己。

每个步骤都不能出错。

我用安全辅绳拽回了滑轮组，开始自己搭建溜索系统。

首先，我确保用牛尾和辅绳做好了安全

△ 命脉，我的高空滑索

保护系统，下到了绳索下方陡峭岩石的出发点上。然后我将滑轮架在一条绳索上，用主锁连接到安全带的受力环，又用快挂把滑轮固定在了上边的一条绳索上作为副保。小心翼翼地确认滑轮系统工作正常、副保系统到位及手势上升器已连接等工作后，我只需打开最后一个固定点上的锁扣，就会往悬崖中间滑过去。非常关键的是，因为快速滑落，人本能地会去抓住上面的绳索控制速度，但在此时，这是绝对禁止的动作，因为，如果你抓住前方的绳索，而滑轮组因为沉重而快速下滑，就会把手指卷进去，这是万万不能犯的错误！我又看着这个溜索系统，在脑子里又过了一遍系统的安全性，决定打开最后一个保护锁扣向对面滑过去。

因为绳子上已经非常湿，天也下着雨夹雪，我也没法准确判断所产生的阻力到底有多大，大约滑到一半的位置，就自动停了下来，悬在 5000 米高山的断崖之间。我感受到自身的重力带来向上移动的难度，又稳定了一下自己紧张的情绪，调整了一下身体别扭的角度，现在需要用上升器把身体往上前方拖动。开始几下还可以，但越接近固定点，坡度越大，我已经拉不动自己了，不得不再一次停挂在 5000 米的高空。

一直注视着我的 Ian 开始担心，鼓励着我。

"Jing, come on, come on!" Ian 在固定点上方看着我，喊。

"I can't do it!" 我有气无力地回应他。

"Come on, no problem, you can do it!" 他再次鼓励我。

我又调整了一下自己的位置，还是不行。

"Can you help me?" 我向他喊。

"Don't worry, wait! wait!"

他在一条牵引绳上挂了把主锁，再把主锁挂在悬在空中的绳子上，用力地向我这边甩过来。

由于雨雪，绳子都是湿的，而且粘着湿湿的雪，他给的绳子并没有滑到我所在的位置。我只能靠自己了。

我又费劲地抖动绳索，牵引绳又略微向我这边滑动了一些，但我依然够不着，悬在空中的角度也让我很难再用力。我歇了歇，再次振作起来，努力用上升器接近 Ian 给过来的绳索，Ian 也想办法抖动绳子。

终于，绳子抓在手里了。戴着又厚又湿的手套和别扭的角度，让我很艰难地把锁扣取下来挂在滑轮组中间的位置。好不容易挂上，Ian 开始费力拉绳，我也用力拽着上升器向前，这个过程中间停顿了好几次，终于，我的脚踩在了对面峭壁的岩石上了！

接下来，我需要先站立起来，稳稳站在悬崖壁上，然后按先后顺序，把这套溜索保护系统解开，并且确认好自己的安全锁被挂在另一个固定点的系统上。我一直警告自己，必须保持冷静，非常清醒，如果解错一个扣子或者挂错绳索，自己可能瞬间坠落悬崖，一命呜呼。

　　Ian 冷静地看着我一步步操作，当我终于爬上峭壁，站在安全的位置上后，我们相互重重击掌鼓励庆祝，然后继续沿着峭壁山脊往前攀爬。

　　雪加大雾，我们看不清楚远处，但身边的悬崖却一直被头灯照亮，清清楚楚地在那里。再往前爬，又有一处断开的山体，需要跳跃才能过去。如果天气好，视线清晰，岩石干燥，跳过去，应该比较容易站稳。但现在情况很糟，岩石上有雪，而且还呈冰粒状，我们体能也受到了影响，天色已晚，很难准确地判断能够踩稳的区域。

　　如果跳过去失衡没有站稳，即使抓住路绳，想从滑落的崖壁下爬上来，也希望渺茫，估计吓也吓死了。

△ 寸步难行

　　我心里衡量了一刻，一咬牙，屏住气，一步跳过去，结果，稳稳落在了对面的岩石上，接着就看 Ian 这一惊心动魄的跳跃。

　　雪越来越大，我走在前面开路，非常小心，每一步都必须选择正确，还得确保踩稳。现在这山上，只有我和 Ian，如果出现任何意外，Elgar 绝对爱莫能助，更没有其他任何人可以帮到我们。

　　下午 5 点 50 分，在经历恐惧与孤寂之后，我和 Ian 终于站在了查亚峰顶峰。

　　顶峰很窄，下面就是深不见底的直壁悬崖。我拿出相机拍了照片，又拿出摄像机拍了一小段登顶的记录和感受。Ian 接通了营地 Elgar 的对讲机，通报了登顶消息。我接过对讲机叮嘱 Elgar 要一直开着对讲机，以便出现紧急情况时随时可以联络。我没有展旗帜和说任何多余的话。我们所有外置装备全都湿了，天马上就黑了，抓紧时间下山比什么都重要。

以 Ian 当时的状态，加之天色已晚，我很担心下山的安全。我再次和他商量，我们需要一起结组下山，这次他点头了。

我从背包里拿出自己备用应急的 12 米结组绳把我们连在了一起，这条绳子成了把我们拴在一起的救命稻草。我和 Ian 商量，我走前面。

△ 登顶查亚峰

天渐渐彻底黑了。雪一直没停，我们踩过的脚印也几乎看不见了，结果从顶峰往下走时我走错了路，Ian 也没有发现不对。大约下了不到 10 米，我感觉走错了，因为我记得顶峰下面是有路绳的，但我始终没有找到。

我停下脚步，冷静地抬头看着 Ian："Wrong way."

Ian 好像也清醒了过来，转头就往顶峰爬，站回了顶峰，再找路。

我们重新找回了正确的下山路线，真是为自己捏了一把汗。如果在顶峰错误路线区域滑坠，那真的死定了。这个错误的几米下撤，更提醒了自己打起精神，下撤中，每一步安全，才能步步安全。

为了安全，我提议继续走在前面，非常非常小心，几乎每一步都是倒退着下山，这样会减小滑倒的概率。Ian 的速度比我慢，我必须调整我的速度，努力把节奏控制好配合他的节奏，这样结组绳才不至于过松或者过紧——过松，容易被踩在脚下而绊倒；过紧，则容易把他拉下来滑坠。Ian 虽然走得比较慢，但心态还不错，很有耐心地努力跟上节奏。

△ 天梯惊魂

我们下到了"凌空一跳"的地方，上山是跳跃，但下山就得往上爬。因为路绳上早已覆盖了冰雪，上升器根本借不上劲，这里太陡，需要很大的臂力才能爬上去。

我看了看，感觉自己根本就不可能爬上去，我转过头去："Ian, can you first？"

Ian 换到了前面。

天早已经彻底黑透，我和他的头灯并排照着对面的崖壁，久久确定不了哪个位置有可能爬上去。他试了又试，都没有把握，最后好不容易选定了一个落脚点。他左脚尖落在我站的区域，右脚高高跨在对面崖壁上，右手紧握住路线绳，左手扶在岩石上，胯下是漆黑的悬空，终于站住，准备攀越。

当他的另一只脚离开岩石正往上踩对面的崖壁时，因为湿滑，一下子踩滑出去！我听到他"啊！啊！"地喊，心一下子提到了嗓子眼儿。他快速反应连续踩了好几次，都没有踩稳。

天哪！

我在下面看到这一幕，心都快蹦出来了，这时我们的绳子还接在一起！

我朝他喊："Take care！"自己也呆滞了。

终于，他借助最后的力气，瞬间发力爬了上去，上去后，蹲在上面的固定点，一个劲地大喘气。

轮到我了。

我深吸几口气，腿高高跨向崖壁，感觉脚尖无法站稳，只好又退了回来，望着对面悬空的崖壁，判断我的脚还是无法跨上去。Ian 很安静地看着，我在寻找是否有更好的位置可以攀爬，但下面是黑漆漆的悬空深渊，更让我心里恐惧，感觉自己踩不到岩点。刚才 Ian 踩过的那一处还算有点凸起，可是一步根本就不可能到达那个固定点。至少需要跨 4~5 步才行，第二步是最困难的，想踩稳，必须要快速借力往上，第三步才可能稳跨在上面的岩石上。我默念着："One! Two! Three! "鼓起勇气，大跨步地踏上了右脚，可是这个角度拉得太大，没敢跨出去。我拉住固定点上的绳索，Ian 也拉住了挂在我安全带上的安全绳，并通过固定点做好了安全保护。

我又稍微稳定了一下情绪，停了一会儿。

Ian 见我此时的状态有点着急，又大声鼓励我，"Come on!"

我再次深呼吸。

"OK, 1, 2, 3——"话音一落，可是，我并没有抬我的左脚。

我觉得我不行，完不成，上不去。

"No, I can't do it." 我冲他摇头。

"You can."

他安静下来，我也安静下来。此时，任何话语都是多余的耗费。

我尝试再来一次。

"Ian, I'm ready——1, 2, 3——"

又失败了。

我差点哭了出来，几乎快绝望了。

可我知道，连续这样的尝试，将消耗我更多的体能，我很快会筋疲力尽，如果那样，再上去的可能性微乎其微。

但是我依然在说："Ian, I can't do it."

实际上，我在向他求助，想让他用力向上拉我一把。

但是，这种时候，他也没意识到我的意思。

我知道，不管多么害怕会摔下悬崖，也必须要自己跨出这一步，可连续的尝试让我彻底没有把握。我脑海里闪过了想在山上过夜的念头。可是，理智告诉我，我的衣服、手套都湿了，天刚刚黑不久，我们不可能在悬崖山脊上过夜，在这个区域过夜，相当于致自己于死地啊！

"必须要下山！"

"你必须要下山！"

"I must try again. I'm ready, 1, 2, 3——"

这一次，靠着"必须要下山"的信念，我终于踏上了这一步，Ian 也用了最大的力气拉绳子，我成功跨上了安全的地方，感叹道：Unbelievable!

我再次和他调换位置，继续下撤。

接着，到了最惊险的地方——断崖间二三十米宽的悬空铁索处。和来时一样，Ian 先过去，我集中精力看他每一步的操作程序，确认没有问题后，帮他拉着滑过的绳子。因为绳子从上至下有坡度，所以人的滑落速度大于来时，但绳子突然在 2/3 处不够用了！

我赶紧喊，"Ian, the rope is not enough!"

"Shit!"Ian 第一次用这样的词。

我焦急得不知道该怎么办。

Ian 自己拽开了我手中控制着的保护绳，用力拉，抓住了空中的绳子，往对面的固定点溜去。

绳子上都是冰雪，上升器已经完全不起作用了，他只能借助手劲，撑到了结点上。轮到我时，我已经想好，不能挂那条不够长的绳子，我必须要尽量往下滑才可能滑到他跟前的固定点。我谨慎地挂好所有的安全系统，又仔细检查一遍后，走近崖壁，小心翼翼地下到悬崖石壁处，放手滑向他。因为绳索湿涩，我对用力大小的判断还是不够准确，并没有滑到他跟前，大约还差 4~5 米。我用力拉前方的绳子努力靠近他，伸手过去，他终于能够拉到了我的手，但并没有一下子拉住手指，而是拉住了指尖的手套外层，他又一使劲，却拽掉了我的手套！

我眼看着手套掉进了漆黑的万丈深渊。

"My gloves!"

他用头灯一照，发现我的手套被他拉丢了，"Jing, I'm sorry, I'm sorry!"我们都清楚地知道没有手套意味着什么。

"It's OK, OK."我急促地答道。

幸好我背包旁边的小袋里，还有一副用过的湿透手套，我反手掏出手套，一不小心，"啊！"备用的一只手套也滚落在岩石上，掉进了万丈深渊。我再仔细一看，捏在手上的另一只手套，正好是露着手指的左手套，我紧紧捏住手套，生怕它跑了似的，然后小心翼翼地戴在手上。

　　这次不能再丢了。要是丢了，手指肯定会被冻坏，就是现在这样，也不能保证手能安全无虞，因为一直雨夹雪，手套彻底湿透，手冰凉，很冷很冷。

　　过了这一段路，我又换到前面。我们把结组绳连在一起，继续下撤。

　　险峻漆黑的山脊过完，下撤的安全性加大。我们解开了结组绳，用 8 字环下降器开始下降，这样比较容易。越往下，雪越少，到下面就一直变成雨。接近营地时，雨更大了，我们一直在雨中的岩壁上下撤，直到夜里 11 点才回到营地。

　　身上全湿了，帐篷也潮湿，睡袋也是湿漉漉的。我们脱掉了全湿的外套和鞋子，钻进了帐篷里，向 Elgar 讲述今天的历险经历。感谢 Ian 在最关键时刻的帮忙，不然我很难爬得上那个悬空的石壁。没有他，我也不知道该怎么面对 5000 米高山的几十米高空横跨。

△ 雪夜下撤，惊心动魄

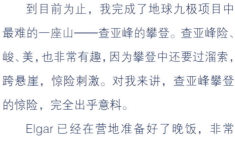

我们是 22 日早上 9 点多钟进到了查亚峰大本营附近，当天上午 10 点 30 分准时出发攻顶，一直到半夜 11 点才回到营地。Ian 之前说 4~6 个小时可以往返，这样的登顶时间预估让我判断失误。实际上，从早上 10 点 30 分到半夜 11 点，我们用了 12 个半小时。幸好，我有所准备，带了两瓶水和食物，包括替换的手套和袜子。手套真的派上用场了，如果没有备用的，我的手就面临着被冻伤的危险。最救命的是我备用的那条 12 米绳子，让我们安全下山了。

到目前为止，我完成了地球九极项目中最难的一座山——查亚峰的攀登。查亚峰险、峻、美，也非常有趣，因为攀登中还要过溜索，跨悬崖，惊险刺激。对我来讲，查亚峰攀登的惊险，完全出乎意料。

Elgar 已经在营地准备好了晚饭，非常用心地准备了一块写着 "Congratulations" 的简易蛋糕迎接我们返回。但饭已经凉了，冰冷的衣服再加上冰凉的饭，哪里还想吃？我早已饿过了劲，勉强吃了一点，根本没心思吃蛋糕，只想睡觉。

我们是在雨雪交加的天气中登顶和下撤，衣物全部被打湿了，营地的睡袋、帐篷也全是湿的。Ian 和 Elgar 缺少保暖装备，没有防潮垫、垫子、睡袋，这个营地，只有我一个人有这些东西。所以，我们 3 个人只能挤在一起。我不好意思睡中间，躺在边上

△ 雨中回营

的半边防潮垫上。3人拉着一条湿漉漉的睡袋盖在身上，穿着几乎湿透的衣服闭上眼睛，"睡"。

整个晚上都很冷，我两只手一直交叉着放在腋下保暖，蜷着身子，半睡半醒之间，听到他俩打哆嗦牙关敲打的咯咯声。陌生人总是怕身体与对方靠得太近，一直背对着双方，彼此都是湿的，没有什么热气。登顶下山，身体还处于特别僵滞的状态，非常难受，一直煎熬到了早上6点醒来，天还是下着小雨。

寒冷让我们开始急切地等飞机进来接我们，不断地查阅信息，当确认飞机已经从Nabire起飞了，我开始收拾好所有的东西，准备回城。又累又冷，一分钟也不想再耽搁。

听到飞机越来越近的声音时，我们都兴奋极了，跑出帐外，淋着小雨，等飞机降落。但不一会儿，突然没有任何动静了。

难道飞回去了？我问Ian，"Helicopter, go back？"

他也很疑惑，示意我，"Wait——"

我们一直站在小雨中望着飞机进来的方向，又过了几分钟，还是很安静。我失望地确信，飞机是回去了，天气不够好，小雨，大雾，飞机驾驶员看不见营地。

郁闷死了，只好又把打点好的驮包放进帐篷，打开睡袋再睡。

等我醒来探头一看，营地外面搭起了一顶做饭的餐厅帐篷，终于多了一处空间。

午饭就在这顶帐篷里吃了。饭后，见他

俩又困又冷，我也建议他们再去睡会儿。我取出书和日记本，一个人在潮湿而冰冷的餐厅帐篷里打着哆嗦记日记。

他俩睡觉期间，刮起了大风，吹倒了餐厅帐篷的两根竿子，我手忙脚乱，冒雨去搬大石头才把帐篷支起来。下午 4 点左右，他俩醒来。我把这个消息告诉他们时，他们瞪着眼睛："啊？"不相信我一个人能做好这种事情。

这一天身上的衣服基本上已经穿干了。我们仨还是挤在昨晚的帐篷里休息，晚上我们脚下放了一支热水袋，感觉好像比昨天暖和些了。因为太冷，他俩晚上还是不停地打哆嗦。

冷湿交加地熬了两晚，24 日很早就起来了。6 点得到通知，直升机从 Nabire 再次起飞进来了。

我决定马上打包，不管飞机能否降落下来，都要做好准备。营地太冷了，我的睡袋都湿得像发霉的压缩饼干了。Elgar 没有羽绒服，穿着单裤，一直在打哆嗦，晚上睡觉冷得发抖。

我们每天大部分时间都只朝拜一个方向——飞机来的方向，祈祷飞机能够顺利进来。

太阳出来了。我脸上已经有了阳光。这是 3 天以来我第一次看到太阳出来。我庆幸我和 Ian 的决定是对的，第一天进来就攻顶。Ian 后来告诉我，我们登顶后的那天晚上，山上一直在下雪。他说那么大的雪，查亚峰很少会有。

今天是 2 月 24 日，我离家已经 55 天，从出来到现在，不管再累，都还从来没有连续睡过 6 个小时的觉。查亚峰攀登一结束，因为要去办理俄罗斯签证，我终于可以有机会回北京。一想到能回家，能安心地躺在自家的床上睡觉，我就盼望飞机赶紧来。

又一次，听到了直升机的声音了——真的听到了声音，是飞机！飞机的声音！真的！我真的听到飞机进来的声音了！

我已经看见直升机飞过来了！

刚刚，我们已经看到一架直升机飞过来了，可是，很快又没影儿了。难道，驾驶员看不清降落区域？

接着，又看到一架！

可是，它没有往我们的方向飞，而是往另外一个方向横切过去了。

这是第三次了，第三次空欢喜了。我坐在我的驮包上，望着飞机进来的方向，失落至极。

10 分钟后，忽然又听见飞机的声音。这次，我们仨谁也没有出声，生怕一出声，飞机就掉头。终于确信看到飞机飞往营地时，大家才又高兴地尖叫起来：

"Helicopter is coming! "

"Helicopter is coming! "

"Helicopter is coming! "

这次，飞机真的进来了——越来越近了——

飞机终于落地了，巨大的风力把营地的餐厅帐篷直接吹翻了。Ian 和 Elgar 因为还要为第二支队伍的登山者服务，不能走。他们帮我把驮包递上了飞机，又取下自己缺少的装备。他们的睡袋和保暖装备终于到了，他俩可以安心地安排新队伍进山的工作了。我与他们挥手告别，感谢他们的帮助。

乘飞机离开前，我在营地捡了块小石头带上，这里的石头含金量很高，留个纪念。

查亚峰旁边，有一个名叫 Grasberg 的巨大的"天坑"，这是世界上最大的黄金储备矿。从天上看，金矿就像一个连自己都被吓到了的"天坑"，一层又一层地被机械、人力挖出一个仿佛深不可及的圆形伤口。最底下积着硕大的蓝绿色的水坑，就像是大地的眼泪。除非亲眼所见，否则，很难想象，人类为了黄金，有如此大的动力、气力、意志，将大地挖掘至此。金矿的存在，在带来巨大财富的同时，也带来破坏、污染、粗暴和不安定。很多当地人的传统土地被用于开采挖掘，矿区长期向 Sungai Aikwa 河倾倒尾矿。矿井雇用印度尼西亚军队做保安，而这些军人一向粗暴地对待当地土著人。想不到，出产黄金的地方，除了金光闪闪，还伤痕累累。

2 月 24 日，终于回到城里，住进酒店。

第一时间，就想着打电话——

△ Jina 少查亚登山队：Ian，我，Elgar
▽ "天坑"金矿

今天是发强的生日。

"发强，是我，今天是你的生日。生日快乐。我委托司机买了一束鲜花给你。你不记得给我买，我给你买，行不？"

他大笑。

接着就是马上洗衣服，晾晒装备。查亚峰的雨雪，不仅湿透了很多装备，把我冻得感冒，连手机都进水坏掉了。

但是，再多的麻烦，也不会降低我的喜悦。因为，出发这么久，我终于有机会回家一趟了。

2月26日，落地北京。听到周围熟悉的汉语，看到熟悉的汉字。回家了，真好。

想不到的是，出关一看，北京整个天空像罩了一口莫大的锅盖——重度雾霾，天气情况比查亚峰还糟糕，已经持续了一周多。司机小韦想得很周到，特地帮我带了一副口罩来。当天早上，北京的PM2.5数值已经达到483。

想起在乞力马扎罗山时，向导Good Luck告诉我："每天打开电视，都在讲中国的污染。"看来，中国的环境污染问题，已经"冲出亚洲，走向世界"。真的像雾霾本身那样，名扬海内外，臭名昭著了。

但是，一想到今天可以去学校看宝贝女儿们，我的心就洞开一角：一方面是为女儿们吸着雾霾而感到内疚，另一方面是马上要见到她们而觉得阳光灿烂。

2月27日—3月6日，我有一周时间在家，在北京，一边办理我的俄罗斯签证，一边休养生息。

几十天不在家，彼此最想的，就是母女。

女儿平时住校，送她们回去，孩子依依不舍。

可可说："妈妈，你今晚能陪我睡吗？"

我拉着她的小手："你说呢？"

"妈妈，我不想住在学校。"

"和同学们在一起不是很好吗？"

"但是我还是不想住在学校。"

"来，再抱抱——""啵啵！"我故意亲她亲得很大声。宿舍里的孩
子听见望了过来。

时间过得飞快。俄罗斯签证下来得很顺利，我又准备启程。整整一天，
忙于打包、收拾、充电，研究新摄像机、新卫星电话的使用，查看药品说
明等细碎事务，一直搞到晚上 12 点 30 分睡觉，加上感冒还未好，晕，头疼！

还有一件事更让我头疼——

回家第二天，妈妈和我谈起哥哥工作的
事，找我说情。而爸爸说一句"你就是包青天"
的话，这几天一直让我痛苦不堪，一静下来，
就会想起。我找来大姐，正式开了个家庭会
议，表明了我的态度，也希望家人能理解：
公司管理必须公私分开，坚持我一直以来秉
公办事的原则。

再次离开前，我把妈妈抱了抱："我走了。"

妈妈的情绪还不错，因为一直和她说的
是我去考察，没有风险。可有朋友在报纸上

看到我的地球九极项目的报道信息，打电话问她了。

妈妈问我："地球九极项目不是也包括珠峰吗？"

"珠峰我不是已经都爬过了吗？这次是考察。"

"好，注意安全，最近不是说俄罗斯那边不安全吗？"

"妈，没事的，放心吧！"

爸爸帮着我提包，一直送我到地下车库。我看着他说："爸，你就别太操心了。"

"嗯，注意安全。"爸爸好像更明白我面临的挑战是什么。

关上车门，爸爸还在挥手："注意安全啊！"

"嗯，知道了，我走了啊……"有点揪心，我心里难受极了。

发强最后一句是："早点回来。"这样朴素的话，每一次听到，总是让我的眼泪在眼眶里打转儿。

再一次出发，我比开始时更乐观。地球九极项目已经过半，如果不出意外，顺利完成，指日可待。

每一次上路，都是一次心灵朝圣，是不忘初衷的坚持与挣扎：

在这样一个缺失理想信仰的时代，如何才能不随波逐流？

人生旅程，千回百转，最难得的是，在正确的时间里做正确的事，自己有勇气为自己想做的事而勇敢向前。

但没想到的是，那些重大的考验，还远远没有到来。

谷底苦行

厄尔布鲁士山

欧洲

厄尔布鲁士山　Mt. Elbrus

山　脉：大高加索山脉

海　拔：5642 米

峰顶坐标点：43°21′18″N

42°26′21″E

我这个人走得很慢，但是我从不后退。

——［美］亚伯拉罕·林肯

>> 3月6日，从北京启程去俄罗斯，攀登厄尔布鲁士山。

没想到，刚到机场，就给我一个下马威——我原来预定的经由英国伦敦转机再到莫斯科的航程，因持有中国护照，落地伦敦后需要英国签证才能转机。我的天哪！我没有英国签证！本来之前已经安排好了的：Mark从奥克兰飞伦敦，我们在伦敦与Russell见面，然后再和Mark去莫斯科。现在我不得不马上修改行程，在机场改签机票直飞莫斯科。我赶紧联络Russell和Mark，告知他们，我不得已只能改变行程，不能与他们在伦敦会合了。

谁料想，我行程的突然改变，让Mark决定，不去厄尔布鲁士山拍摄了。他意气用事的决定让我有些不解，可我也做了个顺水推舟的决定：从厄尔布鲁士山开始，后面的行程也不再用他做摄影师，停用摄像师。提前支付给他的全程工资，对于我来说是一笔损失，但为了行程更顺畅和减少风险，我想现在这样决定也不算为时过晚。

因为咳嗽、感冒，上了飞机我就小睡了一会儿，之后起来只顾着写日记，直到旁边座位上一位女士需要被人抱着去上厕所，我才留意到，她是高位截瘫者。

"你去俄罗斯做什么？学习吗？"她笑着问我。

"我去俄罗斯登山。"

"登山？"她睁大眼睛看着我，"多少人啊？"

"就我自己。"

"哦？"她越来越好奇。

我就把地球九极项目向她介绍了一遍。

刚刚在聊天过程中，我已经猜想出她是谁，但是一直没有直接问。我们这一代尽人皆知的传说中的模范人物，多少年中被树为"身残志不残"的代表的那个名字，突然具象成为一位和气而接地气的女性——张海迪，坐在我身边，我真的有点小激动。她随和、自信，和其他很多女性一样，爱美，下飞机前还特意化一化妆。

"海迪，从小就听过您的故事，鼓励了很多人。"

"你的故事一样也会鼓励很多人。刚才我看你放在前面的书《小李飞刀》，我就猜想，这是个什么背景的小姑娘？去读书？搞文学的？我喜欢琢磨。"

"很惭愧，我从小不爱读书，30 岁以前没读过什么大部头的书，什么事都喜欢用实际行动去实践。翻阅这本书是想看看不同的写作风格。"

"你是不是从小就喜欢翻墙爬树？"

"是的，我从小在农村长大，很调皮。我的老师甚至说，我的名字不应该叫王静，应该叫王动。"

"一看就像，是这样的性格。"

"你去的地方，都很让人向往。"她接着说。

"您也可以去南极这样的地方。现在去南极的方式有很多种，只是很多人不知道。"

她歪着头，用孩子一样的眼神看着我急切地问："我真的可以去？怎么去？不是很难吗？"

…………

我已经可以想象到，接下来，海迪一定会带着她特有的韧性和意志，和朋友们筹划她们的极地之旅了。

　　"还有2个多小时就到了，您睡会儿吧，下飞机还有活动。"她的助理已经过来巡视了好几次，我们还在聊着呢。

　　"今天聊天真开心。出门两个多月，第一次在飞机上这么长时间与人谈话。平时上飞机，要么在看素材，要么在写日记，要么在看书。我不会看飞机上的电影，如果看，一定是为了学习英语。"

　　"我看你眼袋很深，也应该好好休息，睡吧。"

　　关灯。

　　我睡了一会儿，起来写日记。乘务员走过来好心地把阅读灯打开，我赶紧做了一个"嘘"的手势，生怕影响到海迪休息。她脸上敷着一块湿毛巾，不到5分钟，也坐了起来。

　　"你一会儿还有工作应酬，应该睡会儿。"

　　"我看你才应该睡会儿。"

　　　　　　……我们又开始聊天了，直到飞机降落，已经聊了五六个小时，还意犹未尽。

　　　　　　3月7日，落地莫斯科，当地探险公司的负责人Nicolay来机场接我。第二天，我与Nicolay一起转机到矿泉城（Mineral Vody），又坐了3个半小时的汽车，才到达离厄尔布鲁士山脚大约有半小时车程的一个小村庄——Baksan Valley。

　　　　　　这一路，已经提前感受到了一些"俄罗

斯味道":

　　俄罗斯司机开车真的是太豪放了，一路上抖来抖去，3 个多小时的车程，随时感觉是在飘移，一路颠得我头晕晕的。厄尔布鲁士山所在区域一向不乏各种冲突，加之最近的俄乌冲突升级，从机场到我们住的山区里，沿途部分路段都有部队的人持枪把守。似乎还嫌气氛不够，第一个检查站居然还停着一辆坦克！车头面对着马路，感觉随时它会发动碾轧过来。这样的场面，再配上厄尔布鲁士山区的大雾笼罩，特别像电影里深入虎穴的镜头。

　　因为北京雾霾咳嗽未愈，我一天都头晕，状态差极了。到了目的地，我和 Nicolay 商量接下来的行程。他给我展示了很多图片和攀登路线，计划 8 日早上出发去大本营。我不在状态，只希望能早点去睡觉。看完天气预报后，因为状态不好，我主动提出需要在这里多住一天。这是地球九极项目进行两个多月来，我第一次自己提出推迟日程安排。

　　3 月 8 日，三八节，我特意穿了一件大红色的探路者公司成立 15 周年的纪念版衣服。因为今年公司 15 周年庆典我没能赶上，一直在外面登山，所以穿上了这件衣服，给自己打气，希望自己的状态马上好起来。

　　早饭时，店主送来一瓶香槟给我。我很诧异，告诉他："我登山时从不喝酒！"向导说："带到山上去，然后再带下来。"我很荣幸地欣然收下。也许，店主也看出我状态不好？这瓶香槟不是什么贵重的品牌，但是，它对于我，意味着来自于陌生人的期待和鼓

△ 一触即发

励，还有不可言说的祝福。我要保管好，留待庆功祝贺时打开。

早饭后，到厄尔布鲁士山对面的 3100 米的滑雪场适应和了解情况。厄尔布鲁士山周边有丰富的滑雪资源，这个时候，缆车上上下下开动拉人，已经有人开始滑雪了。今年滑雪季，我还没有机会滑雪。我以前滑双板，3 年前学滑单板，滑得还不太好，但是特别想借机滑雪过过瘾。

Nicolay 连忙摆手说，"No，No！"他说现在绝对不行，因为这里的雪很坚硬，而且坡度蛮陡，周围没有任何遮拦。在一个新的雪区，这样的坡度和这样的雪况，突然间要来滑危险比较大。万一受伤，会令整个项目进度功亏一篑。所以，即使再羡慕那些滑雪的人，我也只能从海拔 3000 多米坐缆车下山。

下山时路过一家店，买了一张当地的音乐 CD。店主人是一位俄罗斯老太太，知道我要去攀登厄尔布鲁士山，主动拿出了一张照片给我看，居然是她父亲与第一位登顶珠峰的夏尔巴丹增·诺尔盖的合影。因为语言不通，我英语也不好，她父亲与丹增的故事，我没有办法知晓得很详细。但是，在这样一家不起眼的店铺里，一位俄罗斯老太太，还珍藏着这样一张照片，想必当年，她父亲一定很以能和丹增合影为荣。Nicolay 告诉她我去过两次珠峰，老太太主动要求与我合影，并且送了我一本以厄尔布鲁士山为封面图片的小笔记本。这样的热情场面使得我也受到了鼓舞。

△ 小店老板娘的"传家宝"：她父亲与第一位登顶珠峰的夏尔巴丹增·诺尔盖的合影

这本书出版前，Nicolay 来信告诉我，那张照片背后的故事是：当年，丹增·诺尔盖也曾来攀登厄尔布鲁士山，因为天气不好，遗憾没能登顶。

晚上，向导 Yuri 过来，再次与我一起研究攀登路线和天气预报。Yuri 看上去就属于那种很踏实认真的向导，话不多，英语比我好。这次攀登过程中只有我和他俩人结伴。已经 60 岁但是时时开玩笑说自己 20 岁的 Nicolay 这个"老顽童"，是总协调人。

3 月 9 日 11 点 30 分出发，去到 3700 米的厄尔布鲁士山大本营。因为厄尔布鲁士山是滑雪胜地，大本营其实是滑雪场的中转站，坐着缆车就可以到达。

到那儿一看，嚯，这个大本营"气派"，没有帐篷，一溜大铁皮桶。我们 4 个人：我，Nicolay，Yuri，还有厨娘俄罗斯大姐，都住在一个铁桶里。

这实际上是用大铁皮桶改造的屋子。推门进去一看，挤着桌子、床，还有个简易厨房，简直不可思议。厕所在铁皮桶外边，是一座悬在斜坡上的摇摇欲坠的临建简易房。因为雪太多，去厕所时，很怕踩滑掉下去。

从我们的住处往后看，就是厄尔布鲁士山。

今天的天气非常不错，希望明天也是这样。但是刚才我们看到，山顶上云走得很快，证明风非常大，今天山顶上的温度最低能达到零下三十几摄氏度，希望明天风能小一些。

也希望我的身体能够好起来。因为前一段时间的过度疲劳和北京的雾霾，让我的咳嗽加剧，开始有黄痰，只要一咳嗽，头就又

△ 铁桶大本营

疼又晕，全身没劲。我想，有这样"好"条件的大本营，今天好好睡一大觉，休息休息。

不料，10 日凌晨 2 点，我被 Nicolay 叫醒，他说："今天天气看上去很好，你和向导 Yuri 准备出发吧！"以前只要想到要攻顶，我都是跃跃欲试的那一个，每当向导犹豫时，我都恨不得自己上去。这一次状态始终不好，真是有些不情愿半夜起床。

我问 Yuri："How do you think?"

Yuri 回答："50%，50%。"他已经登顶过此山超过 200 次，但在这种非常规季，也很少攀登过。他说机会对半，加上我目前的状态，我就觉得把握不大。考虑到 Nicolay 是这次攀登的指挥人，我还是决定起来准备去攻顶。

气温很低，我选穿了登珠峰用的连体服，慢悠悠地走到饭桌前："你们是想提前看我秀秀登珠峰的这身衣服吧？"

"你像条大虫子。"Nicolay 接话。

我接着摆了个臃肿"毛毛虫"的姿势。

大家大笑，气氛一下子活跃起来。

我接着准备拍摄的机器、电池、存储卡等。准备好装备，我去上厕所，完事一站起来，头忽地一下，好晕！回来测试血氧含量是 91，心跳 113。在没有运动的情况下，我心跳从来没有这么快过！

我心里开始犹豫：去，还是不去？

但 Nicolay 似乎已经准备好让我和向导去登顶了。

我心想：走吧，大不了扭头再回来！

就这样，凌晨 3 点，我和 Yuri 出发了。

行走过程中，我一直头晕，没劲儿，出虚汗，流鼻涕，惨兮兮的，走得实在太慢了，心想，就当适应吧。从凌晨 3 点出发，走到 9 点，6 个小时，才完成 1/3 的路程，我们俩还没有上到 5000 米。

Yuri 告诉我，从现在的位置到顶峰，大概还需要 7 ~ 8 个小时，按照我现在这样的速度算下来，可能需要再走 8 个小时，下午 3 点才能到达顶峰，这还是要在一切顺利的情况下。即使能登顶，下撤一定是天黑了，山上雪多，非常容易迷路，迷路就容易滑坠，加之我身体状态不好，如果出现失误，在如此严寒的高加索山脉上，不死也得严重冻伤。

我们跟大本营的 Nicolay 联络，询问他的意见。他的意思是，需要我自己做决定——如果感觉好，体能非常强，那就继续往上走；如果感觉不好，体能跟不上，后面的行程会更加艰难。我的状态自己最清楚，不能心存侥幸不顾安全玩命赶——

下撤，必须下撤！

3 月 10 日上午，下撤到大本营，途中碰到俄罗斯特种部队在 4100 米的地方训练，很有意思——背着枪，穿着滑雪板。因为在高海拔，人人都慢悠悠的，看到他们一步步慢动作似的有节奏地行走，就好像动画片镜头。第一次感觉军人也有这么可爱的时候，自己忍不住想笑，拿起相机开始拍摄。向导看见了，赶紧向我摇手示意，不让拍。目前正是乌克兰与俄美关系绷得最紧的关头，这

△ 雪中苦行

时候拍照，可不是闹着玩的。自从我一下飞机，俄罗斯的彪形大汉，铁甲重重的坦克，真枪实弹的士兵，都给了我实在的压力，让我第一次感受到，硝烟四起的战争好像随时会发生在身边。

11 点 30 分回到营地。晚饭后，接着看未来几天的天气，规划登顶时间。前两天天气预报一直显示，12 日应该天气不错，但现在已经改变，稍好天气可能出现在 14 日、15 日。

因为感觉身体太糟糕，我和 Nicolay 商量，明天一早是不是可以下到 2400 米的酒店去休息两天再上来。我们住的地方，就是一个大铁皮圆桶改造的，像蜗牛壳，蜗居，非常冷，吃不好睡不好。但是 Nicolay 考虑到这个季节不是常规攀登季，天气瞬息万变，留在这里会更容易把握登顶机会。最后还是决定，不回酒店，在 3700 米的大铁桶里休整，这样，一旦天气转好，从 3700 米往上走，会节省一些体力，也不耽误时间。

△ 高海拔跋涉中的特种部队

我也没怎么休整好——夜里依然醒来无数次，但醒来后还是闭上眼睛争取再睡。一直到 11 日早上 7 点起床，感觉状态好一些，头没有那么晕了。

一早走出大铁桶去外面上厕所，大风，能见度很低。想起第一次到这里时，Nicolay 给我介绍这里的厕所。我问："哪里是厕所？"他一本正经地指着一个地方回答："那个就是，小心哦！这里上厕所需要拉住绳子，非常危险！"我朝他手指的方向看过去，表示怀疑，瞪着眼睛回答："我不相信！"他还很严肃。我对着他使劲摇摇头："我不相信是真的。"然后，他扑哧笑了，原来，他是在开玩笑。和这样可爱的"老顽童"一起，心情怎么都坏不了！

今天的早饭是两根香肠、红萝卜丝、冰凉的面包片、米饭。米饭是我最喜欢的食物，但这里的米饭是半生的，没法吃。看这状况，未来几天的食物都不一定很合口。为利于身体恢复，我还得自力更生谋求丰衣足食的法子，自己动手做点啥。

我试探着问做饭的厨娘："中午可以做点面条吗？"

她很热情地回答："Pasta？"

"Not pasta。"

"那是什么？"

"需要煎个鸡蛋，和面一起，加水煮。如果有青菜，那就更好了！"我向她描述我理想中的荷包蛋青菜汤面。

"好的！你教我！"

高山经验丰富的 Nicolay 知道良好的休息和饮食对我的重要性，赶紧又用俄语连说带比画地和厨娘解释了一番。我想，今天中午的汤面，不管味道咋样，肯定可以是热乎乎的了。

△ 难得状态差

昨天我在微信朋友圈晒我的状态差，收到很多朋友的鼓励安慰，大家纷纷给我休整建议和心理安慰，几乎所有的朋友都劝我，还是缓一缓。在身体和情绪都处于低谷的时候，亲情、友情是极大的支撑。我也在这些支撑中努力调整着自己。

我会为我的选择而尽全力——

【感动依然让我心痛】
——献给温暖我的人们

厄尔布鲁士山脚下，

寒冬依旧。

千年冰川庄严冷峻，

高加索山脉的冬季，

即使防寒绒衣

把自己包裹得像个外星人，

依然会寒风刺骨。

我紧蜷着身子，预防体温快速流失，

孤独、寒冷

让我试图寻找身边温暖。

环顾四周缓慢抬头，

天空依然大雾弥漫，

狂风毫不留情吹得雪花狂舞，

让我睁不开眼睛。

摇摇晃晃中，

深一脚，浅一步，

看不清前方的路，

寻找。

孤身一人？

我并不孤单！

即使黑夜，

星星也会眨着眼睛。

一直盯着黑夜里那个微弱的身影，

还在挪动脚步，坚定前行，

山里的月光，

也时常会露出迷人的容颜，

她冷峻，并不温暖。

但我清楚，

月光过后，升起的一定是太阳。

当在冰冷的风雪中无力攀爬，

我紧紧抱着自己的身体。

是什么赐予我能量？

星星？月亮？太阳？

还是身边一双双温暖的目光……

在伸手不见五指的冰冷黑夜，

这温暖依旧像太阳，一直照着前方！

有你的鼓励、安慰，

山里的寒冬温暖如春。

世上唯有难过，才会心痛流泪？

不——

此刻的感动，

依然使我心痛，

泪流满面。

　　天气不好时，住在大铁桶里，简直就像天堂，也有很多乐趣，比如：

　　取暖做饭的罐装天然气没有了，Nicolay就要去大铁桶外面取气。气储存在大铁桶下面一间专门的屋子里，平时都锁着，因为天太冷，门锁被冻住了，怎么也打不开。我想了个办法，把我的暖宝宝拿出来，给锁焐一焐，但是，区区暖宝宝，太小了，那么一点点温度，在这样的寒冬根本不起作用。Nicolay就戴着羽绒手套用手焐，冰冷的铁锁两三分钟就能把热能耗尽，还是不行；又试着用热水浇，也打不开，而且这也很不科学，水依然会瞬间冻成冰，最后，只好另辟蹊径把锁打开，把天然气弄了出来。

　　比如，还有一件好玩的事：

一下子来了 4 个人，挤在铁皮桶里，Nicolay 就开始和他们讲啊讲啊。这里的人都不怎么会说英语，负责后勤的厨娘几乎完全不懂。Nicolay 征得我同意后，用俄语向大家介绍我时，大家坐在凳子上，一起转头，用一种看外星人似的眼神，看着靠在门边角落的我。我笑着和大家打了个招呼。Nicolay 继续和他们摆他的登山"龙门阵"，4 个人中有一个小伙子，一边听一边不时地回头看我。我想，在他看来，我算得上奇葩了。

再比如：

突然，就进来了俩哥们儿，来咨询情况，他们晚上准备去攻顶。一看俩人就特别没有经验，外面大风，又是下雪又是大雾，天昏地暗的，这种天气怎么可能去攻顶呢？这个季节，不是登山季，山里头登山队伍很少。他们可能是到这儿来玩的，突发奇想，就想去试试登顶吧，但是，往往就是这些没有太多准备的人，特别容易出事。

如果天气好，厄尔布鲁士山的登顶，其实没有那么难，即使没有多少攀登经验的人也能做到，大家的心态就是登着玩。接着，Yuri 讲了一个故事：他带一个青年人去登顶，快爬到山顶时，看见一架直升机，一直在他们头顶上转啊转。大家不明白怎么回事，都很兴奋，想，什么情况？怎么直升机都来了？过了一会儿，那架直升机居然就落到了山顶上！然后，从直升机里下来两个人，戴着氧气面罩。他们还没反应过来怎么回事，那两个戴着氧气面罩的人看到他们，在山顶上就使劲地跟他们摆手示意，说，恭喜恭喜！恭喜登顶！原来，他们是坐直升机直接来登顶的！

Nicolay 也贡献了一个故事：

曾经，有两位女士骑着马，让人牵着，一路上山。怕马恐高不肯走，就用有颜色的矿泉水瓶子，改装成两副有色眼镜，给马戴眼睛上了。然后，这两位美女就骑着这样两匹仿佛是《堂吉诃德》里面走出来的坐骑，一路登顶去也。还有更快捷也更拉风的，是坐雪地摩托上下，轰隆隆的，一骑绝尘，就到 4700 多米了。

我觉得，不管什么方式去登顶，安全是最最重要的。如果不能保证安全，再轻松再独特再辉煌的登顶，都没有意义。

即使没人来，就我们 4 个人，也有意思：

晚饭后，Nicolay 就打开电脑，放他的《小黄人大眼萌》动画片，一边放一边叨咕，用俄语，旁人几乎很难插上嘴，必须全神贯注地留意他的停顿，才可能找到机会插一嘴。60 岁的人了，他就那样，一集一集看他的动画片，嘴里嘟嘟哝哝说个不停，也不知道说给谁听，就像是一位精力超好的登山传道士。受他影响，怕他又突然改变主意半夜把我叫起来登顶。睡觉前，我特意大声说："今晚安心睡觉，我是不会起来的哦。"

Nicolay 是一个大活宝，向导 Yuri 正相反，他几乎永远都是倾听者，很少主动说话。

3 月 13 日一早起来，天气非常晴朗，身体明显恢复了，但依然还没有恢复到活蹦乱

△ "老顽童" Nicolay

跳的状态。早饭后，和Yuri一起去适应，2个小时就到了海拔4100米的高度。从昨天和今天早上的天气预报分析，今天夜里，我和Yuri应该去冲顶了。

我还是没有找回以前冲顶前的那种状态。不过，这两天住在山上，有机会和山有更多的亲近和了解，我越发相信，所有的草木都有灵魂，所有的山峰都会说话。人和山之间，默默的情感交流，远胜过欢呼雀跃的登顶征服。

我们终于找到一个好天气：3月14日，早上2点30分出发，我们要攻顶了。

这一天，算上我们，一共有4支队伍在山上。

第一支队伍是两个不说俄语的年轻人，不知道来自哪个国家。我估计，这两个人半夜12点就已经出发了。因为，我和Yuri赶上他们的时候，他们已经在往下撤，他们并没有登顶。我猜他们是找不到路，觉得时间也太晚了，所以，就撤了。

第二支队伍是由4个人组成的，也是在我们之前出发的。他们玩酷，坐摩托车上到4700米，之后向上大约走了1/3左右的路程，就没有再往上走了。

另外一支队伍，也是两个人。我们出发后大约1个小时左右，赶上了他们，然后，他们俩一直走在我们后面。当我们在攻顶的路上回头望的时候，这两个人已经不见了，应该也已经下撤了。

所以，这一天，一共是10个人去攻顶。

中午11点30分，登顶厄尔布鲁士山。

△ 凌晨上山

从海拔 3700 米到海拔 5642 米，共用时 11 个小时。本来以为最后就剩下我和 Yuri 两个人登顶，结果，先前那两个下撤中的哥们儿，受我们影响，又掉头跟在我们后面努力冲向顶峰，最终他们也获得了成功。所以，这一个窗口期，只有我们 4 个人站上了厄尔布鲁士山顶峰。

我和 Yuri 的行动，鼓励了另外两个人登顶，他们也表示特别感谢。所以，很多事情，看似做不到，不可能，都是因为没有坚持到底。如果找到方法并坚持，就有胜利的可能。

登顶厄尔布鲁士山时，我的身体还是没有复原，真是累啊！登顶过程中天气很冷，珠峰的保暖装备在这里使用，一点也不过分。

登顶路上，看到红彤彤的日出，绯红的霞光洒在雪山上，美极了。我一心想着拍摄的事情，结果不小心，小背包滑了下去！我登山以来，第一次出现这么大的失误。滑了几十米停下来，Yuri 去帮我捡了回来。我特别感谢他，他说："你不是路上也给我拦住了两次手杖吗？"

△ "活雷锋" Yuri

在攀登过程中，无论是谁，理解、信任、团队合作，都特别重要，只有每个人的能力都发挥到极致，团队的整体项目才可能做到极致。Yuri 平时几乎不主动说话，但是，做起事情来一点也不含糊，心里特有数。有 Yuri 和 Nicolay 两位做伴，这个行程又踏实又愉快。

听当地人讲，这里不登山的男性后代生男孩多，登山之后的向导，生的都是女孩。难道，大山有意给这些做向导的粗犷男人的生活里，多回馈一些柔情蜜意？

出山了。

这段时间，因为俄乌关系危机，通往厄尔布鲁士山攀登的路上，有军方的检查站，不允许拍摄。在司机的配合和车里人的掩护下，我贴着贴了膜的车窗悄悄地拍了一小段，体验了一回做战地记者的感觉。

接着，我又体验了作为旅行者到此一游的经历：回莫斯科，转机准备去北极前，我去了莫斯科大名鼎鼎的红场，还参观了很多著名景点和历史遗迹。Nicolay 给我讲了很多沙皇俄国、苏联的往事。他一反以往风趣调侃的状态，情绪高涨地讲了很多、很多，但我很多都没有听懂。在提到他

△ 登顶厄尔布鲁士山

的爷爷因目睹战友在斯大林"肃反"时期全被带走而流泪时，他停顿了一下，欲言又止。在 Nicolay 的讲述中，我感觉一直充斥着"失去""死亡"之类令人心情沉重的词语，似乎革命总是离不开牺牲和流血。联想到当下正处于剑拔弩张状态的乌克兰局势，我在心中默默祈愿：愿世界和平！

稍后我们起身准备离开，几分钟之前还下着雨的天气，突然晴朗了起来。莫斯科红场这惊鸿一瞥的阳光，为我心头的阴霾冰霜，镀上了明亮的色调。

随后，我飞往瑞士，准备经由那里去法国境内的勃朗峰，按照之前的理想计划，我见缝插针，反季节滑雪上下勃朗峰，完成欧洲西部这座最高峰的攀登，不留任何关于哪座山才是真正的最高峰的争议和遗憾，圆满完成地球九极项目，再加两座山。当飞机飞临瑞士机场，俯瞰皑皑白雪中童话般的瑞士山区木屋时，突然之间，我的心温暖而安定起来。

阴天过后，总有灿烂的阳光。

一缕阳光洒落床前，
仿佛上帝赐予的温暖。
点燃如履薄冰的心，
纵情奔放燃烧。
脆弱的心只想依偎，
缠绵沐浴在阳光下。
每个细胞都呼吸着温暖，
灵性，让心心相通万物相融。

昼 始 于 心

北 极 1 纬 度

北 极 点　North Pole
地理位置：90°N

冰川是一部无尽的书卷。

——［英］詹姆斯·福布斯

>> 3 月 30 日出发去北极前，我期待已久的事，终于来了。

心里这个开心啊。

从 2014 年 1 月—4 月初，我有 4 个月没来例假了，可见这段时间里高强度的运动量给身体带来多大的挑战。如果一直不来，倒也罢了，但如果是在徒步去北极点的路上来了，冰天雪地的环境下可不是一般的难度。要知道，前两天，北极温度已经达到零下 40 摄氏度，这样的温度下来例假可真是彻彻底底的挑战。可是上天偏偏选择了这个时间，在去北极前的晚上，赐予了我这样特殊的考验。

从挪威奥斯陆到特罗姆瑟再转机去朗伊尔城的早上，梅姐和她爸爸妈妈，还有挪威探险家 Liv 一起到机场来送我。Liv 是两年前和我一起在北极圈探险训练的领队。当时我们的那支队伍，由来自七大洲的 8 位女性组成，大家一起在北极冰原自食其力共同生活了 11 天。我从来没有想过一群女人在那样的艰苦环境会如此简单、快乐。现在想起，还很怀念那些与不说一句中文的姐妹们搭档的日子。

从几年前介绍我认识她父母的第一天开始，梅姐就建议我跟着她一起叫爸爸妈妈。爸爸刚过完 82 岁生日，妈妈也马上 80 岁。今天，82 岁的爸爸亲自开车到机场。在机场见面时，他谈论起 2013 年和妈妈去北京时我们见面的情景。这次见面还送给我一盒巧

△ 我的北极家人

克力和一双妈妈亲手织的毛线袜。我拿着巧克力说："This is energy."又把毛线袜展示给大家看，"This is warm and powerful!"

梅姐说："在爸爸妈妈眼里，你就是他们的女儿！"

通过妈妈为我亲手织的羊毛袜，我真实地感受到这种母女般的温暖。

我和爸爸妈妈情不自禁地脸贴着脸，紧紧拥抱在一起。那种热情、亲近，好贴心，好贴心，真像是与亲人的那种久别前的依恋！好久没有这样与外人有如此强烈的亲近感。我还记得两年前在爸爸妈妈的家里给爸爸过80岁生日的情景，那是我至今见过的最温馨的家，每一个角落都珍藏着一个动人的故事。北极是一个冰冷、寂寞又充满危险的地方，但我，却将带着最温暖的爱踏上旅途。

3月31日，梅姐和我同行去朗伊尔城。5年前，她曾和我一起去过北极的斯瓦尔巴群岛，和我一起体验过北极的危险和寂寞。梅姐会说6国语言，是一位充满能量与激情的女性。

在飞机上写完日记，看着机窗外蓝天中的云海，把最近发生的事在脑子里安静地过了一遍，感觉自己又活过来了！转头看身边的 Sebastien，他闭着眼睛在睡觉。Sebastien 是我3月登顶查亚峰之后在法国夏穆尼想要尝试攀登勃朗峰时的登山向导。当时因为天气原因，没有合适的窗口期，勃朗峰无法登顶，我就直接转战了北极，同时决定邀请 Sebastien 作为摄像师和我一起去。他知道我最近状态一直不好，也很少说话。他又高又壮，为了让我开心，总是和我开玩笑："I'm The Polar Bear!"然后做出北极熊走路的样子。我有时也配合表演，说："If a Polar Bear comes, I'll do like this!"他就假装笨拙地碰碰我这只"熊"。

4月1日，到了位于北纬78°13'，东经15°33'，距离北极点1000多公里的朗伊尔城。

小城以美国人约翰·朗伊尔（John Munroe Longyear）的名字命名。他是波士顿北极煤公司主要持有人，来到这里帮助发展煤矿开采业。如今，煤炭开采仍在朗伊尔城外进行着，是这座城市主要的收入来源。紧随其后的是旅游业，这里吸引着越来越多的探险旅行者。

　　朗伊尔城是一座小小的城，就几条街道，街道上是干净整洁、色彩斑斓的建筑。房屋都有 3 层玻璃窗户，用以抵御寒冷——这里冬天的最低气温会下降到接近零下 50 摄氏度。

△ "北极熊" Sebastien
▽ 北极之城的黄昏

　　一到朗伊尔城，看见听见甚至闻见想见的，都是北极熊。

　　红白色三角形的北极熊"警示"路标，可以说是这里的特产。路上，独自骑行的自行车手肩膀上会挂着一支大口径来复枪，滑雪者也会带枪，这是朗伊尔城的独特风景。我想在这里，不是北极熊来侵犯人类，而是人类生活在北极熊的家里。1973 年起，北极熊在当地被列为保护物种。

　　在朗伊尔城的斯瓦尔巴博物馆的展品里，有一支来复枪。1921 年 12 月，挪威捕猎者乔治·尼尔森和 3 个朋友动身前往一个偏远的地球物理观测站庆祝圣诞节，但自此人们再也没有见过他。1965 年，徒步旅行者发现了尼尔森的遗骨，才解开了他的失踪之谜——他被一头北极熊吃掉了。展品中他的来复枪里，一颗子弹死死地卡在弹膛里。

记得以前课本上经常会讲，当你遇到北极熊的时候，你要装死，这样熊就不会再袭击你。这是我们通常以为的奏效的常识。实际上，当地人告诉我，装死是一个很笨的办法，直接等于找死。北极熊身高超过 2 米，体重超过半吨，冲刺速度可达每小时 60 多公里，嗅觉灵敏度是犬类的 7 倍。这样的庞然大物，你装死它真不理你吗？所以，在朗伊尔城，通常情况下，当地人出门带枪就好像我们带钱包一样，必要时，枪要事先上好膛。斯瓦尔巴大学的每一名学生都要学习如何使用来复枪。这次去北极，我们也会带一支枪。

不过，遭遇北极熊也是拼运气的事，平日里，枪是派不上用场的。

朗伊尔城有一座世界上位置最北的大学——"北极大学"，地处北纬 78°13′，实际上叫斯瓦尔巴大学，为挪威政府直属，1994 年正式成立，有一座引人注目的 3 层小红楼，来自挪威和世界其他国家的 200 多名学生在这里学习。我去参观时，学校里有两名中国人，一位在此做教授工作，另一位博士在读。

斯瓦尔巴大学与普通大学大不同，所有新生入学的第一周，都必须接受野外生存训练，应学会射击、搭帐篷、野外做饭、驾驶和修理雪地摩托车等。这是因为，这里的学生需要经常到野外进行科学考察和实验，这些技能是必不可少的。

5 年前，我参加旅游卫视的一档极限挑

△ 北极冰沙

战节目时，曾经在斯瓦尔巴大学受过训，但有一项是普通学生不会经历的，就是跳进冰冷的海水里。这里的海水和马尔代夫、印尼巴厘岛等度假胜地的海水，根本不是一个概念。这里的海水涌动到岸边全都变成了"冰沙"，周围空气温度是零下20多摄氏度，跳进去就是掉进冰窟窿，那个冷啊，好像一万根针扎进身体每1个毛孔，把"冷"这个字的极限含义放大10倍，恐怕也描述不出。

这一次到朗伊尔城，我又去拜访了"北极大学"的两位老教授：Yngvar Gjessing 教授和他在普林斯顿的一位几十年没有见过的老同学，听他们讲述了很多南、北极的故事和考察经验。Yngvar Gjessing 教授，我是第二次见，他带过很多中国极地科研学者。在另一位北极专家 Kim 教授的带领下，我进一步了解了"北极大学"的科研项目。Kim 是全球极地环境研究领域的顶尖科学家，他在办公室给我们讲解、演示了近100年极地的温度、冰层的变化等知识，知道我马上去北极，还送给我两本关于北极熊和海豹的签名书，很亲切。

晚上去曾在南极待过7个夏季的 Yngvar Gjessing 教授家吃晚餐，正巧在座的还有他那位老同学。晚餐所有的食物都是 Yngvar Gjessing 教授亲自动手制作的。他回忆起几十年前在中国遇到一个喜欢的女孩。虽然他

△ 极地研究专家 Kim 教授
▽ Yngvar Gjessing 教授情系中国

没有说出名字，但我经过时间的推算，能猜到这位当年攀过珠峰的藏族姑娘是谁。遗憾的是她刚刚过世，无法再有机会知道在北极附近还有一位老人对年轻时的她心怀情意。我没有接这个话题，也没有告诉老人这个消息，希望他一辈子带着这段美好的回忆。他的同学，也 76 岁了，在学习弹钢琴，还经常去航海。他说如果让他再次选择人生，他更愿意去学习阿根廷的拉丁舞，当一名舞蹈家……再想想身边的一些同龄老人，可能已经行动不便或者耄耋老矣。而眼前两位 76 岁的老人，简直就是两个可爱至极的老小孩儿，还在探索也在实践着人生更多可能和梦想，这样的人生经历和生活态度，真让人羡慕和折服。

如果让我重新选择人生，我会怎样？

也许会选择学习画画，然后做一名老师。

4 月 2 日早上 8 点，我们从朗伊尔城出发，晚上 10 点 40 分才到俄罗斯北极科考站 Barneo，然后乘直升机飞到北纬 89°。

候机闲聊时，科考站的工作人员告诉我们，3 天前来了 3 只北极熊，一位单亲妈妈带着两个孩子。此时如果我还身处北京办公室或者城市里的咖啡厅，有人说起见到北极熊，我会由衷地羡慕和感叹自然造化，但是此刻，当我的脚在冰盖上站立几分钟就被冻得发麻时，听到这些，我的头发根都竖起来了。北极徒步的危险还远远不只是遇到北极熊。今年 3 月，在北极已经发生过两起事故，一起是一支爱尔兰队伍里两名队员冻伤，另一起是美国队员掉进冰裂缝里骨折了，最后都不得不中途返回。而我们这支去北极的队伍，只有我、向导 Bengt 和摄像师 Sebastien 3 人，如果遇上类似的意外，后果可想而知。

4 月 3 日凌晨 2 点，当直升机把我们丢在了北纬 89° 的冰盖上掉头飞走时，我敢说，这个时候，一想到未来一段时间里，每天只能与雪橇、冰裂缝、低温、寒风和北极熊遭遇，还要面对生理周期，再强悍的人，都会开始迟疑不决。

北极现在是极昼。

凌晨 4 点 30 分，Bengt 才找到一个认为相对安全的地方，我们开始搭建营地。凌晨 5 点多钟，我们终于喝上了热水，吃上东西。这一天 20 多个小时都在路上，没休息，实在是太漫长了，怎一个累字了得？但还不能安心休息，因为第二天早上还得爬起来。

由于太累，我们需要合理调整时间，4 月 4 日出发时已经是下午 1 点。Bengt 说从整个行程的风险考虑，今天最少需要行走 5 个小时，最好能走 7~8 个小时，因为天气还不错。

我一直考虑如何在这寒冷的冰原上换卫生巾的事，我想即使再难以启齿，也不得不尽早告知这两个大男人我的特殊情况，可是怎么说啊？

我们的行进有非常严谨的计划，大约每隔一个半小时休息补充一次能量。这一段路都是断裂过的冰海，又有通过挤压形成的零零碎碎的冰块，视线一路都看不太远。向导 Bengt 一直在前面，他时时四处查看。我注意到，他把携带的枪放在拉开拉链最容易取到的位置。

我知道，他最担心的是什么。

但我们谁也没有提及这事。

Sebastien 拍了不少行走镜头，他体能

太好了，但即使强壮如熊，也看得出来，他也有些害怕北极熊，有时他和 Bengt 并排走。和他俩比，我就显得太弱，因为生理期，这两天的身体状况也显得很糟糕。我一直走在最后，而且越来越慢，越来越后，他们东张西望也让我总是担心身后会不会有北极熊，但精神必须非常集中才不会摔倒。Sebastien 和 Bengt 站在前面讨论了几句，估计是说我太慢、太累，需要歇会儿。他俩停下来，我们歇了 5 分钟。

Bengt 说："再走 40 分钟，然后搭营，这样我们也就完成今天最少走够 5 个小时的心理目标了。"

搭营后，Bengt 安慰我说："今天我们行走了 19 公里，已经很好了。"

△ 冰面裂缝

我抱歉道："对不起，我太慢了。"

他又安慰我："已经很好了。"

搭营后，活儿还不少，需要烧水，整理帐篷，今天干活儿Bengt是主力。我们的衣服湿了，需要烤烤。在北极徒步中，保持衣服干燥是一件重中之重的要事，但3人的装备不可能全部被烤干，只能先保证烤干最重要的一小部分。

接着就是，安排睡觉。

Bengt睡中间，头朝外；我和Sebastien在两边，头朝内，这样能充分利用空间，也不会互相干扰。

这是我第一次在低海拔地区男女异性同住一顶帐篷，有些不习惯。但是大家彼此都根本没任何多余精力在意对方，昨天每人只睡了两三个小时，太累了，倒下蒙头就睡了。

但是，睡着睡着，来了问题：我需要换卫生巾，必须到外面去。我这样的情况，在北极上一次厕所就是冒一次险。

想起今天行进时，我看到向导Bengt一直把自己脱下来的外层厚羽绒服捆在腰间搭下来，挡住自己的臀部和大腿。开始时我还疑惑：这是到北极来耍酷吗？之后才反应过来，这是因为Bengt有丰富的北极极地探险经验，知道臀部和大腿根这样的部位，是最容易被忽略也很容易被冻伤的。在北极，顾头不顾腚的马虎，很可能最后就丢了"腚"。

上完厕所，我臀部都被冻麻木了。

我担心地问Bengt："臀部被冻麻了，会不会有问题？"

"如果麻木转成痛感，接着就会出问题。"他回答得干脆利落，让人觉得，没有一丝侥幸可能。我也趁此机会，委婉地让他们能理解我的"特殊情况"。

4 月 5 日行走时，我特意穿得比较多，
把厚棉裤也换上了。我们行走了 6 个多小时，
20 公里，穿越了好几个大冰川。

徒步北极，最难的是在冰裂缝里行走。
我在冰裂缝区域走得太慢，开始跟不上
Bengt、Sebastien 两只"北极熊"，逐渐拉
开了距离。这些凹凸不平的硬冰上有新的软
雪填盖，很难判断软雪的深度。我一脚踩进
了软雪区的裂缝区域，重重摔倒了，尾椎骨
正好撞在一块凸出的硬冰上，半天没爬起来。
好不容易爬起来，我的雪板被卡在冰裂缝里，
拉也拉不动，我又重重摔倒了，挣扎了半天，
再没有爬起来。Sebastien 已经走过这片冰
川，回头看见了，赶紧取下自己的雪橇，迅
速地回来帮我。当他轻松把我拉起来时，感
觉真像北极熊那样强壮有力。他对我调皮地
笑了笑，又轻轻拍拍我的肩。在满是疲惫、
挫折和无助感之时，这种无声的关切举动，
让我的眼泪差点掉下来。

但是在北极，流眼泪也得悠着点，因为
太冷，眼睛可能会被冻伤，如果再吸鼻子抽
抽搭搭，简直是给自己和别人添乱找麻烦。
我忍着没有让眼泪流出来。

后面两段路，Sebastien 主动走在我后

△ 冰海征途举步维艰

面，不时关心地问："Are you tired?"我想说"累啊"，但我知道，今天的目标还没有达到，就强颜欢笑答他："I'm OK."岂不知，这个 OK 的分量，还真是沉重啊。

晚上为了烤衣物，10 点多钟才躺下睡。

4 月 6 日，这一天又走了 7 个小时，20 公里。

我的脚磨起了泡。

我把一块泡沫剪一个洞，套在左脚大大的水泡周围，把它包起来，因为怕冻伤，水泡不能弄破，又不能让鞋子直接摩擦到。我包好以后，Bengt 要检查，我把脚伸了过去，他又用创可贴仔细地把泡沫贴得结结实实，用胶带围着脚缠了两圈，这样才能保证行进中不会脱落。Sebastien 在一旁，把这场景悄悄录了下来，还和我开玩笑："I will show it to your husband later."大水泡疼得钻心，我哪里还有心思跟他贫嘴。

今天很长时间都有太阳，但是似乎太阳不会发热，由于体温流失，我第一次感受到太阳也是冰冷的。路上停休时，我觉得冷，尤其是脚，为保证不会出现冻伤危险，一向认真负责的 Bengt 说："让我看看。"我不想途中脱鞋，光脚暴露在极寒中，很危险，而且也不好意思给大家添麻烦，赶紧说："My foot is OK."他坚持要检查，极其快速地拿出他的备用干内靴，然后把我的一只靴子脱了下来，用手捂住我的脚趾，挨个趾头快速检查，一边查一边问："这个趾头有感觉吗？这个呢？"我坐在雪橇上点着头，他蹲在我面前，非常严肃，一声不吭，查了一只又查另一只。寒冷让我的表情有些僵硬，连连磕巴着说："I'm OK! Thank you! Thank you!"Sebastien 在旁边，只顾做他自己的事，不说话。

由于几分钟的静止不动，我的手也开始很冷，但是不敢再对 Bengt 提，我只说："I need to walk."一边把手指捏成拳头，一边开始快速行走，

以便让身体能够快速产生热量，防止冻伤。

在北极地区徒步穿越时，我们通常走一个半小时后停下来休整一次，而每一次间歇补给的时间都会控制在 10 分钟之内。这样做的原因是：一方面负载徒步很消耗体能，需要补充能量；另一方面是需要检查和调整装备，预防冻伤。

咬牙忍受着冰天雪地里的煎熬，更加想念亲人。思念的温情，让我的心里就像被点燃了一盆火，呼的一下热了起来。

而现实是，心里热，天地寒。

昨晚一点也没有睡好，生理期让我的体温一点点失散出去，太冷了。身体散发的热量与帐篷里的寒气结合，冻成了冰，覆盖在睡袋上，睡袋成了冰壳，身上像盖了一床冰被。我不得不半夜起来把备用的羽绒服穿在身上。脚一直很冷，直到早上都没有缓过来，昨夜被冻醒了无数次，无法深度睡眠，这样会严重影响体能和增加冻伤的危险，白天的行走一定会受到影响。

到 4 月 7 日晚上，还剩下最后的 28.5 公里。以前都是我催向导早一天动身早一天行动，今晚在帐篷里做计划时，Sebastien 鼓励我，看看是否可以一天内完成，我却打了退堂鼓——

"今天途中脚太冷了，如果再坚持走，最后脚指头就会没了。"

Bengt 把我的鞋拿过去检查，取出内靴一看，鞋垫孔里全是冰。再一掏鞋底，全是冰碴儿。他简直太有经验了，一下子就能想到是鞋垫下面有问题。Sebastien 也把自己的靴子内靴拉出来，里面同样全是冰，我们居然一路脚底踩着冰碴儿走。

这时已经是晚上 10 点多了，大家都又冷又累，但还得折腾着像烤红薯一样烤靴子，想让它干透是做梦，半干已经很好了。折腾到夜里 11 点多，都又冷又累，熬不住了，睡！我很怕再像前一晚一样被冻醒无数次，就把

△ 北极的太阳斜看永冷的

羽绒裤和干的羽绒衣全穿在身上，其他衣物都塞在睡袋与睡袋防水套的外层，这种时候，能暖和一点是一点。

徒步到北极点和徒步到南极点，从地理区域看最大的不同是，一个在水上，一个在陆上。但是我们都走在冰雪上——南极位于陆地之上，而北极在漂浮的海冰上。由于海冰在不断移动，根本无法做精确地标。南极点在陆地上，永久冰封，奔着它，向前走一步是一步。北极点在海上，这个巨大的冰盖随时漂移，向前走一步未必是一步。运气好时，走一步可能顶两步，因为冰层同时也在移动；运气不好，走一步可能退几步，因为，冰层同时向左或向右或向后但就是没有向前，移动了。

昨天晚上我们用 GPS 测量，距离极点还有 28.5 公里，4 月 8 日早起一测，还剩下 26.5 公里。一个晚上冰层向北极点移动了两公里，这一觉睡得太值了！

Sebastien 一听，更是兴奋，更想在一天内走完 26.5 公里。Bengt 并没有努力推进，只说需要中途搭营休息，这种时候感觉他特沉得住气。

大约行走了 15 公里后，我们搭营休息了 3 小时，再出发时已经是下午 7 点，接下来的 11 公里中，前 3 公里还可以，后来的 5~8 公里的路段最煎熬。我们遇到了太多的冰裂缝，一个接一个，有些大的冰裂缝根本跨不过去。来回试了很多遍，依然不行，只好绕路去找别的地方通行。我们每个人心里都时刻念叨着：千万不要掉下去，千万不要掉下去。要知道，这茫茫冰盖下的水温已经低于零度，掉下去一会儿就会被冻成冰棍儿。

我没有劲了，身体和衣物也都湿透了，停下来会冻得哆嗦，如果不停下来补充食物，更不可能坚持。我们把行走时间缩短到每 1~1 个半小时然后必须停下来补充食物和水；每次停留缩短到不超过 5 分钟，且停留期间必须时时注意活动手脚以防止冻伤。

突然，一阵"轰隆隆……"的声音传来。

是什么？

冰川倒塌？

冰面开裂？

还是……

我们马上停下来观察——

"天哪，helicopter！直升机！"

一架直升机在我们前面的上空飞行着。

我们3人立刻兴奋起来，使劲往前赶。飞机绕飞了两圈，最后落在前方的冰原上。一开始，我们都疑惑，不确定这架飞机为何而来？灵光一闪猜测：是来接我们的吗？

我们半信半疑地又走了大约半小时，飞机还在那里，没有飞走。这时我们终于确定，这是特意飞到极点准备接我们回程的飞机！

我们拼命往前赶。

没有遮拦的冰盖上，飞机看起来距离很近，但是实际上距离我们有5公里呢。

Sebastien体能好，为了拍摄到达极点的过程，干脆先走一步。他先滑到飞机附近也好，这样飞机上的人能清楚地知道我们很快就到。

我尽力用自己最快的速度前进。最后5公里，我们都兴奋得不想停下来补充能量。

Bengt问我："Are you OK?"

"I'm OK."

就这样，他一路用GPS校正着正确无误的方向和距离，我一路努力地跟在他后面。

滑啊！滑啊！

"Last 500 meters!"他突然回头告诉我。

飞机就在眼前了。

最后100米时，他等我并排而行。Sebastien在前面拍摄，Bengt手拿GPS倒计数——

"50 meters, 35 meters, 20 meters, 10 meters, 5 meters, North pole!"

Bengt一把把手杖插在了北极点上，大声喊："North pole!"

这就是北极点。5年前，我与之失之交臂，现在我一步步用脚丈量到达。

历史上，第一个到达南极点的是挪威人阿蒙森，第一个到达北极点的人是谁，却一直有争议。

1909年9月7日，《纽约时报》宣布，美国探险家罗伯特·佩里突然发回电报说，他已经于1909年4月抵达北极："经过23年，8次尝试之后，佩里发现了北极。"而在此一周前，《纽约信使报》头版大标题则是《弗雷德里克·库克医生发现北极》。库克也是一名美国探险家，他宣称于1908年4月抵达北极，比佩里早了一年。

到底是谁发现了北极？现在的历史书籍和课本上，罗伯特·佩里一直被认为是北极点的发现者。直到1988年，当年是佩里北极探险队主要赞助方的美国国家地理学会进行了一次调查，得出结论，佩里提供的证据无法证明他已经抵达北极点，而且他自己也怀疑距离终点可能还有一些距离。与此同时，库克的声明没有经过任何验证，也未被推翻，虽然他对北极的描述早于佩里发表并且得到了后来探险者的验证。

"无论真相是什么，这个故事和北极一样令人好奇。无论他们在那里发现了什么，这些探险家留下的故事就像那片寒冷的大陆一样神秘。"

◁ 我们 "三剑客" Sebastien, Bengt 和我
▽ ▷ 阳光刺破极昼

　　徒步走到北极点，花了 6 天时间，从北极点飞回到城里，就是两趟飞机的事。这次北极行程比我预想的提前两天顺利完成，一大半归功于我身边的两只"熊"：Bengt 和 Sebastien。我们这一路没有遇到真正的北极熊，但是他们俩就好比是两只北极熊，高大壮，体能超强。这次能有 Sebastien 跟我们一起徒步到北极点，是一个非常明智的决定。

　　北极行程之后，我们 3 人各奔前程：我马上要去攀登珠峰；Sebastien 要回法国，说要去海滩晒太阳；而向导 Bengt 则留在了冰盖上，他下一步的计划是，独自从北极点徒步到加拿大的长途挑战。这也是个了不起的壮举，整个挑战大概要 40~50 天时间。他需要带足够的食物，全靠他自己拉着雪橇徒步完成，祝他好运。

　　我在朗伊尔城又休整了两天。我每次"休整"，都为艰苦行程后的鸡毛蒜皮的事忙得晕头转向。但这次是因为，这里有一个神奇的地方吸引着我——世界末日种子库。

　　世界末日种子库，其实叫斯瓦尔巴全球种子库（Svalbard Global Seed Vault），建在朗伊尔城海边的山上。它在 2008 年开始投入使用，是挪威政府建造的一个保存全世界农作物种子的贮藏库，是世界第一座属于全人类的粮食种子库，也是目前全球最安全和最全面的农作物种子库，被称为"人类粮食安全的最后一道防线"，全球农业的"诺亚方舟"。美国《时代》杂志将其评选为 2008 年"最重要的发明"。种子库不对公众开放。

　　种子库建于斯瓦尔巴群岛永久冻土带区的一座砂岩山内部 120 米处，高出海平面 130 米，一旦冰川融化仍然能够保持其干燥环境。外观为长方体，室外用 1 米厚的隔温混凝土板保温，山洞里常年维持零下 18 摄氏度，种子库结构能防震和抵御武器攻击。附近的一座煤矿和发电厂，为其运转供应能量，可储存 450 万种主要农作物约 22.5 亿颗种子样本。

△ 世界末日种子库
▽ Sebastien、柯如和我

种子库的建立是为了收藏全世界主要用于作为食品的农作物种子，以防止人类在面临大规模的灾害时永远丧失某些粮食的基因。可为何要建在这里呢？

斯瓦尔巴群岛地理位置偏僻，气候恶劣，人迹罕至，岛上的北极熊比人还多。这些对人类居住的不利因素，却可让种子库远离各种外在威胁。同时，朗伊尔城有很好的码头和机场，又不像南极那样不易到达，便于各国运输种子来此。斯瓦尔巴群岛有永久冻土地带，种子库所在地距北极点只有 1000 多公里，它也是一座天然冰箱，能使种子处于低温环境中，非常适合种子的长期储藏，而不受气温变化的影响。

我在种子库参观时，看着这座仿佛建在月球上的不可思议的建筑和那些认识的、不认识的种子标签，真正感觉到生命的神奇和力量。一粒微如尘埃的种子，即使冬眠沉睡千年，只要外部环境适宜，种子内部的力量就可以被唤醒，然后发芽、生长、开花、结果。

我们每个人，都应该在自己心里，保有一颗最珍视的种子。

灵 / 动 / 天 / 机

珠 / 穆 / 朗 / 玛 / 峰

亚洲

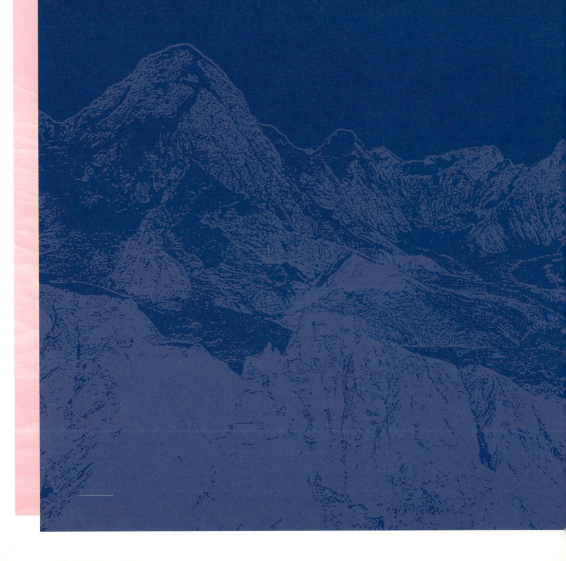

珠穆朗玛峰　Mt. Qomolangma
山　脉：喜马拉雅山脉
海　拔：8844.43 米
峰顶坐标点：27°59′17″ N
　　　　　　86°55′31″E

我们回到珠穆朗玛峰……总而言之，
我们情不自禁。

——［英］乔治·马洛里

>> 2014 年 4 月 15 日，尼泊尔加德满都 Tribhuvan 国际机场。

这是我第五次到尼泊尔，准备第三次攀登珠穆朗玛峰。

2010 年和 2013 年，我曾经两次登顶珠峰。2013 年登顶珠峰前，我本想尝试无氧连登两座高海拔山峰：努子峰和珠峰。努子峰是一座攀登技术难度很大的山峰，之前还没有中国人登顶过。无氧连登努子峰和珠峰，这样的挑战前景难测，没有成功登顶之前，我的计划只能压在心底。如果事先说出来，听者的第一反应一定是：你疯了吧！

2013 年 5 月，我成功无氧登顶努子峰后，为了把握珠峰攀登最好的窗口期，没有返回珠峰大本营休整而计划从珠峰 6450 米的 C2 直接开始攀登。最后由于几天前无氧攀登努子峰耗费了大量能量，为保证安全，我的无氧攀登珠峰计划坚持到接近海拔 7950 米的

南坳后就主动放弃，变无氧为吸氧。如果是正常的吸氧队员，一般都在 7400 米的 C3 的头一天开始吸氧。2013 年，我和同行的夏尔巴 Tashi Shering 计划攀到珠峰顶看日出。结果我们爬得太快，在山脊背风的地方等待了很久，最后卡准时间在太阳露出笑脸的时候，站在珠峰顶拍摄了云中升起的太阳。

2014 年，我第三次攀登珠峰。从珠峰南坳到顶峰，同样长的路，却花了是 2013 年第二次攀登珠峰时 3 倍多的时间，而且，差点被定格在世界之巅，永远陪伴珠峰日落。

完成徒步到北极点后，我开始地球九极项目的倒数第二站珠峰攀登，需要从加德满都飞往海拔 2680 米的 Lukla。一进机场，看到机身喷涂着探路者公司的英文注册名"TOREAD"的字样，这是尼泊尔 Simrik 航空公司的直升机。从 2013 年年初开始，探路者公司就与 Simrik 航空公司建立了合作关系，给予服装和户外装备的支持，在喜马拉雅山区开展救援等项目。虽然这家公司与探路者没有任何财务利益关联，但在异乡看到熟悉的名字，顿时心生一种到家的亲切感。

客观上讲，在地球九极项目中，珠峰攀登最为艰难，毕竟它是世界最高峰。绝大多数完成地球九极项目的人，会倾尽全力为珠峰攀登做准备，有的人甚至花几年时间有计划地进行专业训练，提前到珠峰大本营适应，攀登珠峰的周期通常至少需要两个月。

可对我来说，这次珠峰攀登没有那么"难"。因为在此之前，我已经 8 次登顶过海拔 8000 米级山峰，其中两次登顶珠峰，而珠峰绝不是我攀登过的 8000 米级山峰中最难的那座。但由于地球九极计划是一气呵成，所以留给珠峰的时间段基本就定死了，加之珠峰攀登每年的窗口期基本固定的特点，更使得时间安排上容不得有任何差错。

攀登珠峰前，在意外状况不断发生的情况下，我总算有惊无险地战胜了前几站的挑战。而珠峰之后的麦金利山与已经完成的每一站一样，也存在攀登时间的限定。错过了就难有机会重来，地球九极项目就可能因此功亏一篑。

2014 年我第三次攀登珠峰，还是与熟悉的国际登山机构 Himalayan Experience 的团队合作。从攀登技术和心理准备角度来说，我都对此行充满信心。在完成北极的超能负荷之后，我甚至有难得偷闲度假的感觉。从北极的海平面海拔到 5300 多米的珠峰大本营，高差过大，一般人需要有海拔变化适应，可对于在外"上上下下"已经 4 个多月的我来说，从 2600 多米的 Lukla 一路走到珠峰大本营，这样"慢慢来"的节奏，就像"黄金周"放假一样难得。

△ 山不过来，我就过去

我一直计划着，如果海拔适应得快，状态好，以我的登山能力，我可以与共同攀登过两次珠峰的夏尔巴 Tashi Shering 一起，跟随第一批修路的夏尔巴，尝试在第一个小的窗口期提前登顶，而不用等大部队的登顶窗口期。如果这个方案能够实行，那我们是在非常规的时间段里提前和负责修路到峰顶的夏尔巴一起登顶，而冲顶时，队伍中的登山人员就只有我和夏尔巴 Tashi Shering。很多不确定因素也随之增加：很多事需要自己规划把握；小窗口期可利用的时间很短，遭遇天气变化等可能性更大；对体能和攀登技术的要求更高，攀登过程需要速上速下……

如果这个计划能够顺利执行，结果自然天遂人意。

可是，万万没想到，这第三次的珠峰攀登，不仅成为我个人登山以来最波折、最艰险且最具挑战的一次，也成为迄今为止珠峰登山史上最受关注的攀登之一。

4 月 16 日，到达 Lobuche 的 4700 米适应营地。和以往攀登季一样，Russell 为了让队员们更安全地完成海拔适应而减少通过珠峰孔布冰川的次数，把前期海拔适应选择在了 6090 米的 Lobuche 峰，这样会多建立一个基础营地，攀登运营成本也会增加，但更大程度保证了所有人的攀登安全。

在 Lobuche 基础营地，从我的帐篷望出去，是一座又一座延绵不断的沉默的玛尼堆。那些在攀登珠峰过程中把生命留在这座最高峰的人，他们的灵魂都在那里。每次到珠峰，我们都要路过这里，我也会特别去探望。这里是和珠峰一样值得敬畏、深思的地方。每一座玛尼堆，都代表着一个已经逝去的生命，一段曾经生动的人生，许多精彩的故事，更多家人和亲友的怀念。

夜幕中，帐篷前玛尼堆黑黑的剪影，让我无法安睡。

闭上眼睛，还是那些玛尼堆……

空灵对接，让我感觉瘆得慌……

我破例吃了两粒安眠药。

…………

这夜，我做了一个噩梦……

噩梦场面可怕，哪怕是一瞬间我都不愿回想。我不想，也不敢把这噩梦变成文字记录在日记里，只求自己能尽快忘记。

△ 空灵对接的玛尼堆

这样的时候，这样的地方，这样的噩梦，会是什么样的预兆呢？

第二天上午，我又去到玛尼堆前，停留许久，默默祷告，祈求平安。自出发以来，不停歇的旅程，高强度的攀登，频繁的环境更换，我的内心好像积聚起暴雨来临前灰黑的积雨云，伺机飘泼，噩梦仿佛是它们的半隐半现。能给我安慰的，恰恰是带给我隐忧的玛尼堆。在这里，人会伤感，也会为从未谋面的逝者流泪，但更多的体验是安静、纯粹、超脱和由此产生的内心力量。感恩这些驻足于此的人们，他们给了我更多的警示和启迪。

在这些玛尼堆里，最早进入我视线的，是一年多前立的 Shriya 的石碑。Shriya 2012 年 5 月遇难。她是一位年轻漂亮的女生，1979 年出生，比我年轻。她在 2012 年 5 月 19 日登顶珠峰，下撤过程中遇难。她年轻红润的脸庞轮廓，一直在我脑海，萦绕不去。

△ 永远年轻的 Shriya

4 月 18 日中午，大家正在吃午饭，向导带来珠峰这一登山季最惨痛的消息——孔布冰川发生雪崩，伤亡严重！

18 日早上 6 点 30 分，珠穆朗玛峰西侧，孔布冰川上部，发生了严重的雪崩，当时有 150 多人在雪崩区域作业。事后，找到 13 具遗体，还有 3 人被深埋在孔布冰川的深冰缝里。16 人遇难，这是珠穆朗玛峰登山史上单日死亡人数最多的一次山难。

听到雪崩的消息，我脑子顿时一片空白，心底涌出一股巨大的悲痛，眼泪情不自禁滑落下来。数年的尼泊尔之行和数次 8000 米山峰的攀登，我已和这里的人，和这片土地，感情相连。听到众多夏尔巴遇难的消息，心里就像听到亲人离去，说不出的难过。

Russell 事后回忆说："4 月 18 日清晨，我的夏尔巴工作人员已经告诉我们的夏尔巴领队 Phurba Tashi Sherpa，在孔布冰川的一处横梯出现问题，我们需要联系冰川医生（注：每年由专门安排的夏尔巴架设维护孔布冰川的铝梯，他们被称为 Icefall doctors，即冰川医生）进行修护。显然，在雪崩发生时，该区域已经产生了拥堵，当时，孔布冰川区域或有超过 150 人。实际情况是，雪崩发生在西山肩高处的冰面覆盖的峭壁，这意味着不仅有大量的冰块掉落，而且下降的速度极快，并沿线路一直向下滚动。"

据我的经验推测，当天发生雪崩的一种可能性是：当时由于过多的人同时聚集在了一个地区，打破了雪层应力平衡，引起大量雪体崩塌。而在雪崩瞬间来临时，拥挤在孔布冰川里的 150 多人根本来不及躲避，导致了至今为止珠峰攀登史上单日伤亡最惨重的山难。

中午，山难消息传来，大家停止用餐，默默不语，很多人眼睛里含满了泪花，伤心至极。一方面为遇难的夏尔巴难过，另一方面为本季珠峰攀登的前景担忧。2012年，我本来计划随 Russell 的队伍攀登努子峰，结果那一年因为天气原因，Russell 判断孔布冰川发生雪崩的概率极大，取消了当年珠峰和努子峰的攀登计划。

我还记得，宣布取消攀登计划的时候，很多人都哭了。我们怎么也想不到，今年在孔布冰川，居然又遇上了这样严重的山难。

珠峰山难的消息，很快传遍全世界。此时，谁也没有预计到，这次山难会对2014年珠峰南坡的攀登产生什么样的影响。

Russell 描述当时的情景："显然，我们都直接或间接地受到了事故的影响，我们全部都陷入震惊之中。但是令人惊叹的是，所有人一起通力合作，不惜代价全力搜救，不仅包括地面救援，还有直升机搜救。我们从没有机会预先演练这样的合作，但是当日，每个人都伸出援手。看到很多人毫不犹豫地冲向山峰上部，不惜令自己陷入危险以帮助他人，令人极为感动。不管从任何方面来说，都是巨大的努力，其中包括营地周围的数名医生，在救援营地和大本营提供帮助，而喜马拉雅救援机构（HRA）则在处理那些被直接送到急诊室营地的死亡人员。"

我这时也想到，要在 Lobuche 村子里找到信号区域，尽快给家人报个平安。这样的大事，以当今信息的传播速度，家人不可能不知道。电话里，我还是一如既往地瞒着爸妈我的地球九极项目，告诉他们，我在尼泊尔，一切安好。

我的微博微信里，已经有很多朋友在关心我的安全情况，其中有一位朋友留言说："你一定要注意安全，一定要等到最佳时机再去攀登。"可是，谁又知道什么时候才是最佳的时机呢？什么样的科技手段也算不出老天和冰雪的脾气吧？

1996年，历史上最大的珠峰山难，死亡的几乎都是登山者，而这一次山难，死亡的全部都是夏尔巴。

统计数据显示，珠峰攀登史上，直接面临死亡的人群，分为登山者与登山协作者。1923年—2014年，尼泊尔一侧登顶珠峰的，共有2215名登山者，遇难77名，死亡率约3.5%；共有2150名登山协作者，遇难82名，死亡率约3.8%。这个历史数据表明，夏尔巴与登山者的死亡率几乎相等。

这次山难发生时，我不在珠峰大本营，但是抬头就能看到直升机不断地飞来飞去。我从未见过如此大规模的珠峰救援场景。

晚上睡觉，想象中的雪崩场面不断出现。营地附近几百座玛尼堆，Shriya红润青春的脸庞，不断迭现。16日晚上的噩梦情景也再次涌来。我辗转难眠，靠耳机里的音乐对抗着噩梦，头一直捂在睡袋里，连一丝头发都不敢露在外面。冷空气阵阵扑来，更加剧了恐惧。

从来没有过这种感觉……

△ 珠峰山难救援直升机

早上"醒来"，也不知道自己昨晚到底有没有睡着。

午饭后，整理装备去 Lobuche 岩石营地适应。一夜没有睡好，头昏沉沉的，我走在队伍的最后。

4 月 20 日，队伍按计划早上 5 点 30 分起床，6 点 30 分出发，适应训练到 Lobuche 顶峰，然后当天一口气返回 4700 米的营地休整。

我回到营地时，忽然听到有人叫我名字："Jing!"

帐篷外的椅子上，坐着一个人。"I'm Mark!"

我一看，哇！真的是 Mark。

"How are you?"我有些惊讶，他怎么跑到珠峰来了？

原来，他又找到了一份工作，给新西兰的一位女士摄像，今天刚到营地。这位女士，去年我在珠峰大本营见过她，听说攀登珠峰是她完成她的 7+2 项目的最后一站，但遗憾的是她去年没能登顶。今年又来试试，请了 Mark 做摄影师。Mark 很快有了新的登山拍摄工作，我也替他感到高兴。

爸妈终于知道了珠峰山难的事情，着急了。

我到村子里给他们打了个电话，妈妈急切地问我在哪里。

"你在哪儿呢？是在登山吗？前两天珠峰山难，出事了！"

我安慰妈妈说："放心吧！我没有登山，不在大本营，在徒步的路上呢。"

不轻易打断别人谈话的爸爸急切地问："你今年不登珠峰吧？"

"今年当然不登了，我已经登过了，放心吧。"

"哦，那就好！"

二老放心了。

其实，我想，发强一定是最担心的，因为他知道我的真实行程。可是，信号差，联系了几次，微信发不出，打电话也没有接通。

我又忙着发邮件处理书稿的事情，折腾到晚上 6 点多，才离开信号不稳定的客栈。回到营地，天已经黑了。我还得赶紧准备明天一早出发去 Lobuche 顶峰的食物和装备。

4 月 22 日早上，去往 Lobuche 岩石营地的路上，有人叫我的名字，用的是中文！

我回头一看，是香港人 John，后面一位老先生，腿上用明晃晃的两副假肢撑着，是久闻大名的"无腿斗士"夏伯渝老师。我很早就听过他的故事。

1974 年，中国登山队去青海挑队员，夏伯渝被招入其中。受训期间，他被分到了突击顶峰的队伍中，成为最有希望登顶的人选之一。1975 年 5 月 27 日，中国队再次从北坡登上珠穆朗玛峰，登顶队员名单里却没有夏伯渝的名字。原来，在海拔 8600 米的生命禁区，突击队遭遇了连续的恶劣天气。一名藏族队友因体力透支，不慎丢失了背包。在 7600 米的地方过夜，他体力透支又没有睡袋，夏伯渝觉得自己不会冻伤，没有多想，就把自己的睡袋让给了队友，自己在没有睡袋的情况下，在冰冷的帐篷里睡着了。第二天他还背着背包，从 7600 米下到 6500 米的营地。直到晚上睡觉时，才发现自己冻伤了，最终导致双腿截肢。这些年来，重返珠峰，成为他的一个梦。为了这个梦，他一直都在刻苦锻炼，与伤痛、病魔做斗争。他每天训练四五个小时，日复一日年复一年，坚持了 39 年。今年，他终于踏上了重返珠峰的路。

"我已经60多岁了，如果再不去挑战，以后体力和身体各方面会更困难。希望老天能给我们的团队一个好天气，让我实现梦想！"夏老师憧憬着。夏老师说他的户口本和身份证上的年龄弄错了，实际上他已经65岁了。这次他的项目负责协调人是John，攀登向导是和我一起攀登马卡鲁的总体协调人巴桑。夏老师与我刚登山时的英语水平一样，不会说整句英语，只能一个词一个词地往外蹦，所以和当地人交流起来有些困难，但是他的攀登速度非常快，精神状态也非常好。为了保证安全，他同行的夏尔巴一直用安全绳和他连在一起。他说今天是他第一次在雪山使用冰爪，但换脱都很熟练。

我陪他走了一段路，顺路了解了一些他们队伍的情况。他们已经在珠峰大本营适应了8天，现在又在这里做适应，在这里如果感觉不错，可以往上多走一些以适应更高海拔，然后再下山。由于夏老师的腿有些肿，必须要十分注意，他们这支队伍，今天还是需要下到营地去。而我们的队伍为了更好地适应高海拔，需要上到顶峰住两晚，然后就去珠峰大本营。所以我们约好，接下来有机会在珠峰大本营再碰面。这也让我想起了另一位励志的日本老人——2013年，我在攀登珠峰的路上碰到的世界上最年长的登顶珠峰的老人，80岁的三浦雄一郎。

∧ 2013年在攀登珠峰的路上邂逅
80岁的日本老人三浦雄一郎

与夏老师告别时，我看见，他装有假肢的腿有力地踏在石头上。夏老师迈向自己梦想的每一步，坚忍执着，铮铮作响。而我为地球九极项目所经历的艰难与付出，默记在心。人与人的梦想可以不同，但是梦想之路上的执着又是如此相似。与夏老师梦想之间相互碰撞的力量，让我湿了眼眶。

一个人回去的路上，我忽然想起了电影《跨越鸿沟》里的一段旁白："探险并不在于谁第一个横渡了某片海域，或是谁第一个登顶了某座山峰。探险在于内心的成长，在于突破自己的极限，到达那些你本来到不了的地方，然后再回到生活中来，让生活变得更有意义。"

在 Lobuche 6090 米顶峰营地的晚上，风很大，我总是被帐篷的响声吵醒。没有睡好，心里担心山难后的攀登计划会受到影响。

4 月 23 日，珠峰山难后第五天。一早起来，就听到大家在议论，说今年可能会取消珠峰南坡攀登。

△ 梦想碰撞的力量

对于来到这里的每一位攀登者，攀登珠峰都是一生中的一件大事。为了这平生第一次也可能是唯一的攀登，有的人锻炼了数年，有的人辞去了高薪工作，有的人甚至抵押了房产。如果攀登取消，就意味着之前的大部分投入，无论是精神上的还是物质上的，都打了水漂儿。我和大家一样，当然不希望如此。珠峰是我的地球九极项目的倒数第二站，珠峰攀登一旦完成，就只剩下北美的麦金利山，然后我就可以宣告地球九极项目顺利完成。如果珠峰攀登取消，我今年的地球九极计划将功亏一篑。但实际上，哪怕我放弃这一季的珠峰攀登，即使从 2013 年 5 月 23 日 4 点 35 分我第二次登顶珠峰那时算起，

我依然有足够充裕的时间创造世界上女性完成地球九极项目的最快纪录。因为我只需要再去完成麦金利山这最后一座山的攀登就可以实现，而且麦金利山的攀登对于我来说没有任何难度。所以，如果珠峰攀登取消，我会很平静地接受这一切，但这也将成为一个遗憾。

无论如何，我一定会以足够的努力，去试一试！

在 Lobuche 山顶，我和今年准备攀登珠峰的女夏尔巴 Yang Jee 住一顶帐篷。我对她说："我和你一样，也是夏尔巴。"她笑着说："I know, I know." Yang Jee 的爸爸曾经攀登过很多座山，包括 K2，但 1993 年在珠峰遇难了。Yang Jee 家 4 个姐妹，她是老大，今年 31 岁，住在 Khumjung 村。Yang Jee 说她要去完成爸爸的梦想。Yang Jee 一直没有计划结婚。她 2013 年准备攀登珠峰，没有成功。今年又来了。她的攀登花费，有一部分来自赞助，其余都需要自己去赚。可是，遇上珠峰山难，接下去会发生什么，我们都不知道。

山顶上，她面对我的摄像机镜头，身后就是珠峰，视线可及，现实却遥不可及。群山环抱，面对珠峰，想起在孔布冰川中遇难的夏尔巴——

她哭了。

我也哭了。

…………

4月24日下午，离开 Lobuche 山顶营地，准备去珠峰大本营。我收拾装备准备下山，给 Tashi Shering 留下一些牛肉干，这是他最喜欢的中国食品。我们在 Lobuche 适应训练的队伍在珠峰大本营与今年所有的攀登成员会合，虽然已经有 90% 的预感，今年攀登计划会全部取消，但是每个队员心里，仍对攀登抱有最后一线希望。一些夏尔巴留守在大本营，希望本季攀登能够继续。他们告诉登山的队员，他们愿意继续攀登，支持他们的领队寻求解决方案。

晚上 11 点钟，珠峰大本营，Russell 给大家开了一个会，说明目前的情况，安抚大家的情绪。在此之前，他和 Phil Crampton 已经从大本营飞到加德满都与尼泊尔政府有过一次会议沟通，据说进展顺利，但他们并没有与政府达成文字协定。IMG (International

△ 面山流泪的 Yang Jee

Mountain Guides) 公司宣布终止本季攀登，给出的官方理由是，他们担心孔布冰川的安全，这和 2012 年 Russell 做出取消队伍攀登的理由一样。IMG 这样大型的登山探险公司决定取消攀登，让其他规模不大的登山队面临几乎无可选择的局面，要想登顶，就必须由实力强的队伍与冰川医生联合起来做前期的修路工作。其他几支西方登山队中，由于都有夏尔巴或其亲友在本次山难中遇难，所以不管是夏尔巴还是队员都很悲痛，他们也决定终止本季攀登。

美国"超人"乔比·欧格温的珠峰山顶翼装飞行活动计划也取消了。之前美国电视台期望直播此次人类由珠峰山顶翼装飞行下山的挑战。不料，就在要出发的那天早上，山难发生，他们的直播设备立即投入山难的拍摄当中，拍摄到的雪崩素材成为了难得的历史影像资料。

夏尔巴与尼泊尔政府围绕提高登山保险和山难赔偿等条件的谈判，也进展得不顺利。一些表示要保障夏尔巴安全和权益的夏尔巴激进者，开始采取行动，对那些想继续为登山队提供服务的夏尔巴进行阻挠和恐吓。Russell 告诉我们，在他队伍里，曾经 21 次登顶珠峰的夏尔巴领队 Phurba Tashi 也受到了恐吓。那些人威胁 Phurba 和他的夏尔巴，如果继续攀登就要打断他们的腿，烧了他们家的房子。西方领队开始为他们的夏尔巴雇员和登山客户的安全感到担忧。

△ Russell 开会正式宣布取消今年珠峰攀登计划

当这样的恐吓波及每个夏尔巴的家庭时，妻子开始劝丈夫不要返回珠峰营地，母亲要儿子找别的工作，大家的情绪都陷入不安之中。

更严峻的是，激进者们开始对孔布冰川的冰川医生也进行要挟恐吓，不让他们开展修路工作。孔布冰川是珠峰南坡攀登的必经路线，一旦停止修路工作，孔布冰川就立刻成为不可跨越之地。

坐镇大本营的 IMG 公司总指挥 Eric Simpson 说："珠穆朗玛峰的历史停滞在这里。我相信这将是自 1986 年以来，春季没有任何人从尼泊尔一侧登顶珠穆朗玛峰的历史。"

我开始做备选方案了。

如果南坡攀登取消，我还有一个机会，就是立即申请，转去珠峰北坡攀登。如果南坡攀登不取消，但修路工作会延后，我甚至也动过念头，先动身去攀登麦金利山，然后再转回珠峰攀登。

4 月 25 日早饭后，Russell 召集队员开会，正式宣布，取消今年的珠峰攀登。他说，自此，珠峰南坡这一季再没有一支队伍攀登。大家最后一丝希望破灭了，和 2012 年一样，无奈而沮丧，但也表示了对这个决定的尊重和理解。我在微博里分享了自己的第一感受："今天早上珠峰南坡大本营开会，取消今年珠峰攀登计划，我的个神啊！我今年地球九极的计划已经完成了 7 站，只剩珠峰和麦金利山了……真是头大，我想在珠峰大本营再住两天，静静……"

一时间户外媒体都说："珠峰南坡取消了今年所有的攀登……""珠峰关闭了……"但尼泊尔政府方面派人专门飞到大本营，先用尼泊尔语发表了一通演说，再说英语，意思是珠峰对所有人开放，没有关闭。夏尔巴代表和政府人员谈判，场面混乱。4 月 24 日，尼泊尔政府公布的官方说明文件显示：尼泊尔政府并没有关闭珠峰，而且强烈建议登山探险公司继续今年的攀登。尼泊尔政府还决定将 2014 年春季所有登山探险队的许可证延期至未来 5 年。

नेपाल सरकार

संस्कृति, पर्यटन तथा नागरिक उड्डयन मन्त्रालय

पत्र संख्याः-
च.नं.

E-mail: motca@ntc.net.np

प्याक्स नं.: ४२११७५८

┌ ४२११८४६
│ ४२११६८५
│ ४२११७८५
└ ४२११५१६

सिंहदरबार, काठमाडौं,
नेपाल ।

<u>Press Release</u>

Today, one high level delegation headed by Hon'ble minister for Culture, Tourism and Civil Aviation Bhim Prasad Acharya had visited the Mount Everest Base Camp and seriously discussed with mountain guide, supporting climbers and other concerned people. The delegation comprised with representatives of different tourism related organizations.

During the discussion, the minister had urged to continue the expedition activities to all team leaders and members and requested to all concerned agencies to fix ladder & rope. At that time the supporting climbers also agreed to support expedition activities.

However, if some expedition team wants to quit the expedition for this season and request to ministry to extend their permit, the ministry would make necessary process to extend the time of their permit for next five years for the expedition team of 2014 spring.

Here, the ministry strongly request to all the expedition team to continue the expedition because they have made all the required arrangement for completion of their expedition.

24 April, 2014

Madhu Sudan Burlakoti
Joint Seceretary
Ministry of Culture, Tourism and Civil Aviation

"सुशासन र सदाचार ः निजामती सेवाको आधार"

△ 尼泊尔政府鼓励继续攀登珠峰的官方说明

新闻稿

今日，由尼泊尔文化旅游民航部部长 Hon'ble 先生担任主席的代表团，参观珠峰大本营，并同高山向导、协作者及其他相关人员进行认真探讨。代表团由多家旅游相关机构代表组成。讨论期间，Hon'ble 部长鼓励所有团队成员继续开展探险活动，要求所有相关机构修复路绳和梯子。当时登山协作者们也表示继续支持探险活动。

尼泊尔政府方面还表示，如果一些探险队希望放弃本季探险，向旅游局请求延长许可证期限，旅游局也会采取必要措施，将 2014 年春季探险队的许可证延期至未来 5 年。

文化、旅游民航局联合秘书

2014 年 4 月 24 日

我们的队伍取消了攀登，我去看望距离我们营地几百米的夏伯渝老师，想听听他有何打算。

夏伯渝老师的营地帐小而温馨。他的队伍一共有9个人，比起当年日本老人的队伍，他的队伍算是很小的。

"夏老师，您是怎么安排的？"

"我们已经想了很多办法，都行不通。如果这次登不了，就先回去，再商量看看。"

"您知道，我今年的地球九极，从1月到现在，7座山加南北两极，现在只剩下珠峰和麦金利山了。珠峰一取消，我这个项目也不能圆满完成了。"

"我觉得，你有很多机会可以完成你的目标，不用着急。你还年轻，不像我们年纪大了，一年不如一年了。"

"是……"

…………

家人看到珠峰登山队伍取消攀登和纷纷撤营的新闻报道，都很关注此事。发强通话说："雪崩这么严重，要不赶紧回来吧！"我对他说："妈在旁边，你可别乱说。你就跟妈说，我会在拉萨那边待两周左右。"爸妈接过电话，我安慰他们："我没有登珠峰，马上就回宾馆了。放心吧。"

我在大本营，通过电话、短信、微信联系了所有与珠峰北坡攀登有关联的朋友，期望能够找机会申请到北坡攀登。

4月27日早饭后，所有攀登珠峰南坡的队伍都下山，心存遗憾地回加德满都了。我下午也坐飞机到了Lukla，准备回加德满都。

距离攀登珠峰的主登顶窗口期已经越来越近，为了尽快争取到北坡攀登的申请批复，我动用了所有能动用的关系，包括联系到中国登山协会和西藏登山协会的相关负责人，写了一份《珠峰北坡攀登申请书》，发给了他们，准备最后再争取试试。4月28日，北坡申请还没有消息，我想：珠峰的窗口期一旦错过，即使批准我去，也全无意义；而留在南坡这边，也耽误了我争取北坡的机会。

早上，我回到了加德满都的宾馆。

我想再找 Russell 谈谈，他是负责我地球九极项目的总协调人，我一直都非常信任和尊重他。我和他一起探讨过支持珠峰的一些 NGO 团队的公益项目，以及珠峰环境的保护与清理。事实上，今年地球九极项目的最初起因就是和珠峰 8000 米的"垃圾"清运相关，为此我给 Russell 队伍额外支付了一笔专项款，计划用于这次珠峰 8000 米的

垃圾清理。我之前跟随他的队伍登顶过 5 次高海拔山峰，合作得都很好。我再次找他就是想确认，是否还有一线希望，他还能帮助我完成这次珠峰攀登？

我们在宾馆大堂面对面谈话，Russell 当面拒绝了我。他的拒绝理由除了夏尔巴罢工事件，还有一个客观事实是：尼泊尔个人登山许可证是以登山队为单位捆绑在一起发放的，如果他继续为我操作，那队里其他队员的许可证将面临无效的可能。带过几百人上珠峰的他，最后非常中肯地跟我说："Jing，我也不建议你再去珠峰。目前这是不可能的事情，难度太大，太危险了！"

后来听说，因为我的继续攀登也带来了一些外界对他的误解和麻烦，因为外界一直猜测是 Russell 在为我继续安排攀登珠峰事宜，事实上，他根本不知道。也许还有一些误解是由与我攀登本身无关的事引起的，而那些事也许我永远都无法得知真相。

4 月 29 日，我一天几乎都在打电话联络。到过尼泊尔的人都知道，尼泊尔的网络和电话信号有多么糟糕，真能急死人。

△ 2010 年珠峰 8000 米上的"垃圾"
▽ 2014 年珠峰南坳营地的"垃圾"

很快得知，西藏登山协会对外宣布：出于安全角度考虑，本登山季不接受任何由南坡转入北坡的珠峰攀登申请。得知申请去北坡攀登已毫无希望的那一刻，我心冰凉，真正地体会到了什么叫"望山兴叹"！

我甩下手里的手机，对着酒店天花板大叹了一声："唉！"

大脑呆滞之中，突然冒出一个想法：找一家尼泊尔当地的公司，自己组队！！

我马上打电话给我的尼泊尔朋友 Kalyan（他的中文名字叫高亮），他是个中国通，也是一个热心人。电话里我把需求告诉了他。他马上介绍了一家当地人开的探险公司 Himalayan Sherpa Adventure，负责人是 Phurba Gyaltsen Sherpa。我以前在《静静的山》图书发布会上见过一次 Gyaltsen。

我们开始筹划我自己组队攀登的计划。

4月30日下午，我与 Kalyan、Gyaltsen 以及3名夏尔巴在加德满都见面，商讨再次进山攀登珠峰的具体可行性。Gyaltsen 建议，这次队伍由5名夏尔巴、1名厨师和1名帮厨组成。说实话，第一次和3位陌生的夏尔巴见面，我心里多少有点担心。如果这次临时组织的攀登团队当中，哪怕有一个人是之前与我有过合作的夏尔巴，比如 Tashi Shering，我们配合起来，都会踏实很多。几个从未谋面、从未合作过的人，彼此在未来很短一段时间里要同生共死，这得需要双方建立起多大的信任和勇气啊？

3月份时，我就联系过以前的夏尔巴搭档 Tashi Shering，给他发过短信。

"Tashi, how are you? I'm Jing."

"I'm fine, and you?"

"I heard you don't want to climb the Qomolangma. I'll climb Qomolangma again."

"If you want to climb Qomolangma again, I will follow you. I'm sure before I told you."

"OK, see you in Qomolangma."

果然，他就来了。

但是，在去 Lobuche 适应的过程中，和他聊起以后的登山规划时，他说："我的父母不希望我再继续做登山服务了。"

"那你的妻子呢？"

"相对来说，她还算比较支持我的工作，但她怀孕了。Jing，你知道吗，有时候与某些登山者结队登山，非常危险！家人们都希望我能换个相对安全的工作，所以我想去开个客栈，就在距离 Khumjung 村徒步两天路程景色很美的那条路边！"

"如果是这样也很好，我也在考虑是不是应该停止登山了。"我随口应和着。

"Jing，如果你还想登山，随时告诉我，我会和你一起去。"他侧过身来，很认真地冲我说道。

"K2？"我笑着逗他。

"如果你去，我也去，肯定可以爬上去。"他居然斩钉截铁地回答道。

我还记得，我们俩当时对视的眼神中，充满了难以言表的默契和信任。

所以，在当下缺乏安全保障的情况下，假如 Tashi Shering 能够再次加入到我们的队伍当中来，将会给我多大的支持啊！我给他发了短信，说明了我的想法，希望他能尽快赶来加德满都谈谈。

但是，他没有回复……

难道真的要和几个陌生的夏尔巴去攀登珠峰吗？

1 个女人，7 个男人，临时组队，攀登一座 8844 米的世界最高峰……

而此刻珠峰上根本没有"路"！

也就是说，这一攀登季的珠峰，攀登保障工作，几乎是零。

2009 年开始，我接触到夏尔巴。关于夏尔巴，已经有非常多的资料描述记载。他们生活在高海拔地区，因体质好、吃苦耐劳、抗缺氧能力强而闻名珠峰高海拔地区。在接受专业培训后，能够熟练掌握登山技巧，且会讲英语的夏尔巴很快就成为登山者们首选的向导和背夫。从人类首登珠峰到现在，在珠峰南坡的攀登记录中，几乎每支登山队伍都有过夏尔巴的服务团队，并在他们的协助下去完成登山的梦想。在珠峰区域人类的高海拔山峰攀登史中，夏尔巴居功甚伟。

1953 年 5 月 29 日，新西兰登山家埃德蒙·希拉里（Edmund Hillary）和尼泊尔夏尔巴丹增·诺尔盖（Tenzing Norgay）携手从珠穆朗玛峰南坡登上顶峰，并安全返回位于孔布冰川底部的大本营，完成人类第一次登顶世界最高峰珠穆朗玛峰的壮举。

△ 高耸入云的尖峰（摄于 2013 年 5 月，努子峰顶）

1953 年的这支攀登队伍，由英国登山协会和英国皇家地理学会共同出资组建，探险队由 John Hunt 带队指挥，该探险队伍由 400 多人组成，包括十几名世界顶尖的登山运动员，其中 Tom Bourdillon 是 1908 年牛津大学登山俱乐部的创始人。副领队是 Charles Evans,他是毕业于牛津大学的军医，攀登过阿尔卑斯山的许多经典路线。在攀登珠峰之前，1951 年，英国探险队系统考察了珠峰的登山路线，1952 年组织攀登卓奥友峰，但并未成功登顶。1953 年探险队主要成员也是 1952 年尝试攀登卓奥友峰的成员。希拉里来自新西兰，初中就喜欢上了登山，在攀登珠峰前，他参与了英国 1951 年珠峰的探险活动和 1952 年攀登卓奥友峰的活动。而另一名登顶队员夏尔巴丹增，最早作为一名脚夫，他参与了英国 20 世纪 30 年代攀登珠峰的 3 次尝试，在这个过程中积累了很多高海拔登山经验。1952 年，他也参加了瑞士珠峰探险队攀登训练。这次 1953 年的攀登队伍里还有二十几名夏尔巴和 362 名脚夫，

他们携带了一万多英镑的物资。2 月 12 日出发，探险队当日在珠峰建立了大本营。攀登期间，队伍沿途建立了 9 个营地以确保人员物资的供应。5 月 26 日，Tom Bourdillon 和 Charles Evans 试图登顶，由于氧气设备故障，在距顶峰 100 米处不得不放弃。5 月 28 日，埃德蒙·希拉里和丹增·诺尔盖再次准备登顶，他们在队友的帮助下，于 8503 米处建立了 C9，5 月 29 日凌晨 6 点 30 分出发，终于在 11 点 30 分成功登顶，完成了人类第一次登顶世界最高峰的壮举。在这次超过 100 天的探险项目中，在这次历史性突破的成功背后，是巨大的团队支撑和集体的协作精神，而这一次成功登顶中，夏尔巴丹增在攀登中具有不可替代的位置，成为伟大的英雄人物。

回顾往年的珠峰攀登记录，夏尔巴的贡献显而易见。珠峰的每一个登山季，往往都是在登山机构的组织下，由许许多多的夏尔巴来运送物资、提前上山做准备及完成重要的修路工作。修路，其实是攀登前期最危险的工作，就是要靠人力将跨越冰川裂缝的铝梯及通向顶峰的路绳运送上去，并安全地用冰锥等器材固定在山坡上，以便登山者们能利用绳索的安全保护，向上攀登。

珠峰登山季长达两三个月，参与运送物资的人数众多。这些专业修路到 C2 的冰川医生和来自于 Himalayan Experience、IMG 等大型老牌国际登山服务机构，以及熟练修路到顶峰的夏尔巴，其实才是协助登山者们完成攀登梦想的幕后英雄。

在高海拔山峰的攀登史中，留下很多夏尔巴和登山者之间的生死故事。1939 年，著名的夏尔巴 Pasang Kikuli 作为美国登山队攀登 K2 的协作领队，在下山时，遇到了麻烦，登山队员 Dudley Wolfe 被孤零零地留在高山上，而且病了，当时其他人都已经下到了大本营。天气不断变坏，所有的登山队员都因过于疲劳而无法回去施救。Pasang Kikuli 与另一名夏尔巴 Shering 在那一天之内还完成了 2134 米的爬升，体力消耗殆尽。但是第二天一早，Pasang Kikuli 与其他两名留在 C6 的夏尔巴一起再次攀回到 C7。他们找到了 Dudley Wolfe，当时他还活着，但已体能衰弱得下不了山。由于 C7 没有过夜条件，他们被迫又回到 C6 过夜。第三天早上，Pasang Kikuli 又与其他两名夏尔巴出发去 C7，计划去背 Dudley Wolfe 下山，然而却遭遇了暴风雪，从此再也没有人见过他们……

这种发生在夏尔巴与登山者之间生死与共的故事，体现出一种远远超出雇佣关系的奉献精神。

2014 年，就在我筹备登珠峰期间，山友张梁正在尼泊尔境内的安纳普尔纳峰攀登。如果一切顺利，这将是张梁登顶的第十一座 8000 米级山峰，他和队友为此行付出了很多努力和成本。然而，他们没有成功。因天气原因，为全体人员的安全考虑，张梁劝说队友们尽快下撤。在登山队结组下撤时，3 名夏尔巴先行。由于雪锥未能承担住多人的体重，突然发生松脱，打头的 3 名夏尔巴猛然滑坠！65 岁的队员挪威人 Tore 见状，奋不顾身地一把抓住了坠着 3 个人的路绳，结果，连他一起被拖拽下去！幸亏夏尔巴明玛和张梁及时将绳尾固定到了其他雪锥上，最终止住了下滑，挽救了 3 名夏尔巴的生命。事后，张梁发了一张 Tore 曾经紧握过路绳的手的特写照片，虽然当时戴着手套，Tore 的手还是生生被磨出了一条条血痕，可见当时他多么不顾一切，那只握着系着 3 条生命绳索的手，握得有多紧。

△ 一只手的力量与情义

为什么 Pasang Kikuli 能够舍生忘死一次又一次地爬回到危机四伏的 K2 峰 C7 去救人？为什么 65 岁的 Tore 能在抓绳的瞬间变得力大无穷？我想，他们肯定都有一个共同的理念——

无论是登山还是面对日常生活，如果我们不珍视他人，我们就很有可能会失去自己。

从 2009 年开始，几乎每一年，我都会与夏尔巴协作团队一起攀登高海拔山峰。我的攀登履历中的每一笔，都有夏尔巴的功劳。我与他们之间有着兄弟姊妹一样的感情。多次踏入这片属于神的孩子的神奇土地，久而久之也给我一种第二故乡的心灵归宿感。登山中每天与夏尔巴朝夕相伴，我对他们的认知和感情，比通过百科介绍或者文章讲解，来得更贴心贴肺。

2010 年，我在珠峰大本营第一次见到 19 岁的夏尔巴 Tashi Shering，到现在已经 5 年了，我俩已经一起攀登过 5 次 8000 米级的雪山，可谓生死与共，感情深厚。他一直把我的照片贴在他家里墙上最显眼的位置，我也一直关心并支持着他的生活。开始时，他不到 20 岁，现在已经 25 岁了，2015 年他当爸爸了。他也有过了照顾家庭而放弃高山向导工作的想法，但他真的会放弃登山这份职业吗？我觉得很难，因为那已经是他生活中的一部分。

△ 2015 年尼泊尔地震后考察珠峰地区

2013 年，我 曾 为 在 海 拔 4000 米 Khumjung 地区的"埃德蒙·希拉里学校"的"夏尔巴文化中心"投建捐资。2014 年珠峰雪崩后，在尼泊尔当地人的推荐下，我第一时间为尼泊尔位于去往珠峰南坡大本营路上的一所学校和一家在 Namuche 的医院分别捐资。我向 Sherpa Family Fund 基金会捐了一笔款，资助年轻的夏尔巴在加德满都上大学。这个基金会是 1996 年珠峰山难后美国 American Himalayan Foundation 发起的，用以资助山难遇难者家属。2015 年尼泊尔地震，我正在纽约哥大学习，回国后我专门去了一趟尼泊尔进行考察。之后很快成立了致力珠峰环境保护和珠峰地区夏尔巴教育改善的珠峰未来公益基金，并启动了支持珠峰路线上的灾后重建项目，规划建设"珠峰学校"和设立"珠峰夏尔巴奖学金"。曾经 21 次登顶珠峰的夏尔巴 Phurba Tashi Sherpa 说过一句让人心酸的话："我这次爬山，是为了让我的孩子不用去爬山，也是为了让更多的夏尔巴的孩子不用靠爬山度日。"我希望新一代的夏尔巴，除了登山，还能有更多的生活选择。

5月2日，我们的攀登珠峰计划确定。我和 Phurba Gyaltsen Sherpa 履行了相关手续，签订了合同。我提出：一、确保为每位夏尔巴购买至少250万尼泊尔币的保险；二、我不与夏尔巴签订任何合约，也不直接付费给夏尔巴，我将所有的登山费用支付给 Gyaltsen 的公司，再由他支付给夏尔巴；三、确定了 Kalyan 是协调人，因为他会说汉语、英语和尼泊尔语，我们之间也比较熟悉；四、出于对所有参与者的安全考虑，此次我们的登山计划尽可能保密进行。

开始采买准备物资……

5月3日，我对着摄像机，录下了一段长长的独白：

△ 2014 珠峰 "Jing 之队" 三剑客（从左至右：Kalyan、我、Gyaltsen）

4月28日，我从珠峰南坡大本营到了加德满都。

今年，南坡所有的队伍都撤完了，现在在大本营没有任何队伍。

而我还是不死心。

我是太看重我的目标吗？

我觉得，今年的珠峰攀登，如果能上，必定非比寻常，会是更大的挑战。此时于我，地球九极的计划，已变得不那么重要。更重要的是，我觉得自己还没有做到最大的努力，我想试一试。如果能成功，我确信，影响会是积极正面的，可以激励很多人。

所以，我一直在争取——

先争取北坡，北坡没有机会；我又大胆设想，南坡是不是还有第二次机会？现在，所有珠峰南坡的路线，包括孔布冰川，都没有路绳。风险和难度可以说是成倍成倍地增长，如果再去攀登，不仅仅是考验技术，更需要胆识和勇气。

不管结果如何，我都希望自己能像以往一样，非常坦荡而理智地去面对这次攀登，完成一次彻彻底底的自我超越。

朋友分享给我一首歌——

When You Believe

Many nights we've prayed

With no proof anyone could hear

In our hearts a hopeful song

We barely understood

Now we are not afraid

Although we know there's much to fear

We were moving mountains long

Before we knew we could

....

我不需要移动山，我只需要移动我自己。

　　谋事在人，成事在天，但我始终相信，一件事情，只要你努力过了，不管最终你能到哪里，都可以心安理得地放下。

　　到目前为止，我还没有放下的原因是，我认为自己还没有做到足够的努力。

　　所以，我还想试一试。做到或者做不到，没关系。

....

5月5日，我在微博记录："今天离开加德满都，在去美国登麦金利山之前，我想一个人好好地静一静。有的路，注定一个人走过！"

表面上，我不是一个人走，还有夏尔巴同行。内心里，我知道，这条路我想走到底，成功登顶并且活着回来。我面临的，不仅是去修通珠峰的路，而是去修通心灵的路。

我再次踏上通往世界之巅的路。

一出发就是雨，天气不好，一直大雾弥漫。我们等了许久飞机才起飞，中间还迫降了一次，才折腾到了 Lukla。

晚饭时，我总算见到了这次团队里的所有成员，除了1名厨师和1名帮厨，还有和我一起攀登的5名夏尔巴：Dawa Gyaljen Sherpa（简称 DG），Tashi Sherpa（简称 Tashi），Pasang Dawa Sherpa（简称 Pasang），Lhakpa Nuru Sherpa（简称 Old Lhakpa），Lhakpa Gyaljen Sherpa（简称 Young Lhakpa）。厨师是 Da Tenzing Sherpa(简称 Tenzing) 和 Chonba Tseri。夏尔巴民族所有人都以 Sherpa 作姓。除了厨师，其余5位介绍说，自己都有登顶珠峰的经验，最少的登顶两次，最多的登顶5次。虽然好些内容我并没有听懂，但通过交流，我感觉，有这么多"强悍"的夏尔巴，这次"不可能"完成的任务变得有"可能"了。说心里话，如果这些夏尔巴不是有着登顶珠峰的丰富经历，我不会有勇气与他们再组队进山，因为这次行动不同于以往任何一次攀登，我不想让任何人置身于超越自身能力之外的危险之中。

5 月 7 日早上 7 点钟，我们在 Lukla 等去珠峰大本营的飞机。

我特意站到了机场不引人注意的边缘地带。非常时期，为了我们这支队伍的人身安全，我不想我们的攀登计划传开去。此时，不身处其中，很难理解这种心情。恰恰在 Pheriche 转机时，飞机一落地，就看见了熟人。Russell 队伍里的厨师正在那里，一眼认出了我，他看见我和陌生的夏尔巴在一起，满脸惊异，一副很担心的样子。他告诉我，Russell 队伍里的夏尔巴总指挥 Phurba Tashi 和另外 5 名夏尔巴也在这里。我一时间也不知道怎么给他解释重返珠峰这件事，打了个招呼，就赶紧走了。后来想想，Phurba Tashi 一定会知道我来这里了，所以我又特意回去和 Phurba Tashi 打招呼。我告诉他，我回大本营是为了拍一些照片和视频，可能也会去 C2，但这是个秘密，我希望 Phurba Tashi 为我保密。他看上去非常担忧，一定是不放心我和陌生的夏尔巴在一起。他好意地告诉我："山里没有队伍了，没有人能从孔布冰川通过，没有路线。"他像长辈叮嘱出远门的孩子，眼神里满是担忧。

他的话再次印证了我的判断——

孔布冰川无人修路，已成断路天险。

下午 2 点多，我们到达了珠峰大本营。大本营几乎空无一人，只剩萨加玛塔污染控制委员会（简称 SPCC）的队伍，几名工作人员和几顶帐篷。夏尔巴说，万一遇到特殊情况，也许 SPCC 的队伍也帮得上忙。

天下着大雪。

登山季的珠峰南坡大本营，还从来没有如此这般冷清过。

8 日早上看见一架直升机飞进 C2，听说载着一位叫 Cleo Weidlich 的美国女性，准备去攀登洛子峰。

9 日早上，准备送我们去 C2 的直升机进到大本营试飞，在孔布冰川上方绕行了 3 圈，最后又返回到大本营。今天 C2 风力太大，没有办法飞进去，直升机不能在大本营停留，又飞回了 Namuche。本说一小时后再试，但因为风力不减，只能等第二天再看情况。确定直升机今天不能再飞，夏尔巴放松下来，在帐篷里玩牌"赌钱"。

我决定一个人去孔布冰川走走。

我来到了邻近孔布冰川发生雪崩的地方，一个人静静地坐在冰川上。眼前的冰川龇牙咧嘴，活像一群面目狰狞的吃人怪兽，冷酷无比。不久前发生珠峰山难的那天，这片区域有 150 多人聚集！现在，除了埋在冰雪中的遇难者们，空无一人。山风呼啸，仿佛裹挟着所有在这里遇难者的魂魄，掠过我的身体。我忍不住浑身紧缩，风卷着恐惧向我袭来，有些害怕，我自问："真的要去登顶吗？"同时，我也异常清醒地确认，此地此境——孔布冰川已无靠几人之力攀爬通过的任何可能。夏尔巴和任何一位登山者，也不愿意双脚踏着逝者的躯体通过这片区域。

我不敢再让思绪流动一丝一毫。此时，任何情感和思考都可能让我退却，唯有平静，能指引我前行。

静静致极

5 月 10 日早上，飞行员 Maurizio Folini 开着直升机飞进 C2 查看情况后，说今天上午无法飞进去，7000 米处风力达到了每小时 40 ～ 50 公里。午饭前得知，半小时后直升机将飞进大本营，再次尝试去 C2。我们又开始打包，大家囫囵吞枣吃了点午饭。从大本营到 C2，飞机每次载重不能超过 200 千克，10 分钟左右可以飞一个来回。我们一共 8 人，加上物资，这一架飞机来回运送了好几趟，每一次运输都必须快速完成，不到一小时完成了所有的运输任务。时间虽短，但每一次上下人和装卸货物，都堪比惊险特技，因为飞机运输过程中，发动机始终不能停止，旋翼的快速转动吹得人站不稳，人靠近飞机时必须把身子弯得低低的，空气变得更加稀薄，使人喘不过气来。当飞机飞越孔布冰川时，风很大，飞行员一言不发的专注神情和飞机不停颤抖的感觉，让人害怕。我可以清晰地看见孔布冰川上方的一些遗留帐篷，C1 已经人去帐空，只有那些逝去的灵魂还在。我心里有一种说不出的滋味，内心前所未有地挣扎。

下午 1 点 30 分，我们所有人员和物资都安全到达 6450 米的 C2，在这山坳里，有种与世隔绝的感觉。我们搭起了厨房、餐厅帐、睡帐，收拾物资，烧水做饭。团队气氛和谐，每个人状态都不错。这将是我们此次攀登的"前进大本营"了。也许是巧合，珠峰南坡的 C2 还真与珠峰北坡的前进大本营海拔一样高。北坡前进营地此时众多的队员都在休整准备冲顶，而珠峰南坡只有我们这支 7 人的小队伍。

我感到异常的孤独。

△ 直升机到达珠峰海拔 6450 米的 C2

从 5 日准备进山起，我已委托朋友做珠峰天气分析。天气预报主要来自于瑞士，也随时参考北坡登山者的攀登计划，尼泊尔当地公司也会提供一些参考数据。进山后，我也联系过 Russell，希望能从他那里也得到天气方面的数据和分析帮助，但是没有告知他我在做什么。Russell 曾经两次很肯定地告诉我："从南坡攀登已经没有可能了。"他一直在忙着和尼泊尔政府讨公道，以及后续队员与夏尔巴的工作安置，我不想再给他添乱。

从天气预报看，我们距离登顶的窗口期越来越近了。未来 10 天内，天气变化不大，应该都有登顶机会。第一个小窗口期预计是 16 日左右，但我们队伍赶这个时间有些早，如果在 16 日冲顶，就要在 13 日前完成 C2 到 C4 之间的修路，我感觉时间有点紧张，也担心所有人适应更高海拔存在问题。不过，20 日—22 日应该还有一个窗口期。

5 月 11 日，我第一个起床，已经 8 点钟了。我在营地叫了一圈"起床了！"居然没有人答应。作为夏尔巴的头儿，DG 昨晚说，今天争取修路到 C3，看来他只是说说，并没有做好这样的准备。

△ 与 C2 营地餐厅帐中的夏尔巴"混"在一起

直到 9 点 30 分，他们才全部起来。我问今天的计划是什么，DG 和 Pasang 说，我们不修路了，就去 C3 下面适应适应。我一听，有点着急，昨晚他们可不是这么说的。之前，他们说的可容易了——一天就能从 C2 修路到南坳 C4。我和 DG 说，如果第一天能修路到 C3，那第二天去 C4 就相对容易了。根据大家说的情况判断，2~3 天就能修好 C2 到 C4 的路，我还心想着，这些夏尔巴也太牛了。我们的第一计划是，13 日修路到 C4，如果不能实现，最晚 15 日修路到 C3，16 日修路到 C4，16 日夜里准备冲顶，17 日登顶，并下撤到 C2。

看见夏尔巴毫无规划的状态，我不得不马上转换角色，开始主动规划，把所有的人都叫到帐篷里，第一步，尝试规定：按时吃饭，早中晚饭分别是 8 点 30 分、12 点 30 分、下午 6 点。

他们和以前 Russell 团队的夏尔巴相比，散漫多了。吃完饭，说去 C3，到下午 1 点，已经出发了两个小时，还没有到达洛子冰壁（下文简称为洛子壁）下方。我觉得，他们慢，不在于能力，而是目前队伍状态不好。

看来，这队伍不好带！

我完全不了解这几名夏尔巴。我想，接下来是关键的几天，要想保证安全地成功登顶，最迫切的是，需要调整他们的状态，必须快速打造一支高效团结的"Jing 之队"。

说干就干。我决定，从今天开始，每天都安排 DG 组织大家开工作会，让他肩负起真正领队的角色，快速把大家的状态调整好。而在这个过程中，我也能观察出每一名夏尔巴的综合能力。我自己也要和夏尔巴多配合，各尽所能，打一场集体仗。

5月12日，4名夏尔巴去修路，DG决定在营地休息。

本计划6点出发，但4名夏尔巴一直到8点才陆续动身。我已经决定今天要和他们一起上到C3适应。我出发时，看见4名夏尔巴在不同路段，还不时回头望，看看后面的人走到哪里。当他们在洛子壁下会合后，在那里待了大约40分钟都没有往上走，状态还是一盘散沙。

我在路上用对讲机喊："DG！"问他，"为什么大家一直停留在洛子壁下面？"他在营地帐篷里用夏尔巴语问了几句，然后Tashi在对讲机里回应了我："昨天把所有装备放在那里了，我们得去拿。"

大约过了5分钟，我看见他们开始出发往上攀登了。我在对讲机里强调："我今天计划和你们一起到达C3。"我一个人去往C3，尽管路线还没有修到那里，我的想法是，我以自己的实际行动起带头作用，如果我能到C3，修路进展就不可能低于C3位置。

我这策略果然起作用了。当我一个人攀到了C3，他们已经在C3上面，还在继续修路。今天当我一个人攀爬在洛子壁的亮冰区时，我意识到这次攀登很难，修路工作难度也非常大。等我回到C2时，DG过来和我说："不要太急，他们会努力的。"可见，我的"激将法"还真管用，今天的路线修到了C3上面大约300米的位置。

根据天气预报，16 日晚应该是小窗口期的冲顶日，17 日可以到顶峰。现在看来，想要如期登顶，后勤保障是大问题：氧气必须先运到南坳的 C4，修路也至少得到 C4，时间很可能来不及。

我意识到，需要调整登顶方案。我对 DG 说了我的想法。冲顶时，不能所有人都上去，C4 必须留两个人，做应急保障工作。另外，C2 的两名厨师可以作为应急联络人员，但是目前不能告诉其他 4 名夏尔巴这个决定，以免影响他们的情绪。这几天，再差也需要把 C2 到 C4 的路修通。如果路线没有修通，即使我们能安全上去，下撤时也将面临巨大风险，一旦滑坠，就几乎没有活命的机会。所以，按照我的计划，无论如何，都要修通从洛子壁到南坳的路。

5 月 13 日，为了缓解之前修路的体能消耗，所有人都在 C2 休息。出发从大本营飞进 C2 前，我一再提醒组织方，充电设备必须保证能给相机和卫星电话充电，结果昨天发现，充电设备根本不能正常工作。DG 把太阳能充电设备倒腾了一番，还是不行。事已至此，赶紧想补救办法，大家尽量节约用电池吧。现在充电事小，保持队伍的和谐状态比什么都重要。

3 天以来，我晚上睡觉一直轻微头痛，早上测量了一下血氧值，只有 52。喝了些水，在帐篷里坐了一会儿，再测，上升到了 63，但几次测量后都没有超过 70，看来身体状态真是一般。我让夏尔巴也都测量了一下，DG 说都正常得很，顺便拿他的手机给我看了一下，说："你看，山下的夏尔巴正四处联络组织人，想要联合起来呢。"我没心思细看，也看不大懂密密麻麻那么多英文，心想：难道这其中有什么事和我们有关？

5月14日，我们的修路进度还是没有按预定计划完成。DG说身体不好，他建议叫直升机进来，说，要不坐飞机下到大本营，休息休息再上来？这个想法被我坚决否决了：这个时候下去，还能顺利上来吗？即使我的心思都扑在攀登准备上，不懂尼泊尔语，英语也很差，但是，从夏尔巴之间的只言片语中，我还是能感知出一些"非常"气氛和他们面临的背后的压力与诱惑。我建议DG今天不用跟队伍走了，留在6450米C2指挥，起联络作用，他满口答应。

5月15日去C3前，我打了个电话再次查天气，得知，天气窗口期应该推迟到18日才适合登顶。

我分析天气预报的能力也越来越"专业"了：一是不同高度的数据分析（C2—7000米—8000米—顶峰）；二是不同高度的温度、风力、雪量分析；三是对比天气预报的准确度；四是每天根据实际的天气变化做临时攀登调整。我把我得到的数据和分析都写在小本子上，一一分析给夏尔巴听，让他们知道我的判断和计划是有根有据的，而且是值得信赖的数据分析。

当我告诉了夏尔巴天气窗口期推迟到18日这个消息时，大家很高兴，因为修路时间多了一天。我希望这次真的可以修通到南坳C4的路。

△ "专业"天气预报分析

"天时不如地利,地利不如人和"。"天时"稍差,风大,温度低,顶峰窗口期短,只有1~2天。"地利",不"堵车"虽是有利条件,但是其实路线很不利,洛子壁全是亮冰,南坳到顶峰的路,相比往年攀登难度大了很多,安全隐患增加。虽然困难重重,但是目前我们已经拥有最宝贵的"人和",唯有"人和"是我们能够掌握的,我们已经越来越齐心,也越来越像一支"正规军"了。夏尔巴已经都很信任我,我也开始越来越信任他们。

当时我想,有了最关键的"人和",不管能否登顶,能够把本来的散兵游勇的个体打造成现在这样一支队伍,就是成功。

15日,大家决定好好休息。晚上,DG和我说,他身体状况好转,想和大家一起登顶。他态度改变,起因是他与Gyaltsen通了个电话。Gyaltsen说,他希望5名夏尔巴一起登顶。这样一来,本来在冲顶那天准备安排待在南坳的Old Lhakpa也说想和大家一起登顶。这不是动摇军心吗?后来我又与Gyaltsen通话,说了现在队伍的情况,让他别担心,我们已经安排好了,但他又强调他的想法,试图说服我。我这次语气生硬:"你不在现场,也不登山,你不知道怎样最安全,但我知道。请放心,3名夏尔巴和我去登顶是最安全的。大家目前都很好,请放心。"说完后,感觉自己口气太冲了,Gyaltsen一切考虑都会和我一样,他和Kalyan在遥不可及的山下一定会比我还担心大家的安危。我最开始的计划是,两名夏尔巴待在南坳，然后又调整方案为：南坳和C2各留一名夏尔巴应急。我感谢Gyaltsen打来的这个安全提示电话，但明天还得做思想工作，让大家没有怨言地接受各种变化和决定。

5月16日，准备攻顶。

DG说他陪我去C3，其他4名夏尔巴去修通通往南坳的路。

我觉得我们都低估了今年珠峰的修路难度。夏尔巴修路的进度之所以一再延迟，很重要的原因是：第一，这段时间，珠峰上天气变化很大；第二，路线上全是亮冰，冰锥很难固定；还有一个客观原因就是，这支临时打造的队伍，不管大家多努力，默契程度都需要逐渐磨合，何况时间这么短。

昨天和夏尔巴一起开会做规划时，看到他们的脸都被晒爆皮了。我很心痛，拿了自己所剩无几的擦脸油和唇油给他们用，但他们都装作不在乎，一脸不屑地笑着说，这是女人用的！可最终还是开心地涂上了。大家这几天一直都相处得很好，他们对我也逐渐多了一些了解。今天聊起了我的成长经历和探路者品牌的创业故事，除DG外，其他人之前对此一无所知。我的故事还算"励志"，讲时大家一直点头认真地听着。后来大家提议照张合影。自从进山以来，还一直没有合影，但一张出发前的合影，通常也代表着一种特殊含义——

怕自己回不来。

昨天晚饭时，大家再次说起攀登计划，好像打了鸡血，信心满满。通过这几天我对天气的判断和与大家的沟通，被安排不参与登顶的 DG 和 Old Lhakpa 起初有一点不情愿，但还是表示完全同意我的决定。我给大家分析并多次强调为什么这样安排的理由："就是为了安全。全队只要有一个人出了安全问题，计划就失败了，而这个人可能是我们中的任何一个。"但 DG 依然没有死心，事后还在悄悄跟我商量他想登顶的事。以我的判断，他以领队身份坐镇 C2 指挥最合适，但他还是讲了他的一番理由。

我说，走着看情况。

5 月 16 日早上 3 点，4 名夏尔巴准备去南坳运送氧气和修路，我和 DG 去海拔 7400 米的 C3，然后计划第二天一早去 C4，18 日计划登顶。

今天的洛子壁非常恐怖。山顶上的落石像子弹一样飞驰而来，声音"嗡嗡"作响，如果被击中，必死无疑。攀爬时，只要稍站稳脚，我就不得不抬头密切注视着上方的动静，以躲避飞石。

今年的特殊天气导致珠峰南坡的洛子壁几乎全是亮冰，而且没有任何其他队伍踢出的脚印和落脚点，攀爬时需要用很大的脚力踢进冰壁，这比以往攀登珠峰的难度加大了太多。有一次，我拉着路绳往上走时，稍一用力，上方固定路绳的冰锥一下子蹦了出来，脚底一滑，吓得我出了一身冷汗。我用冰镐死死地抓住了冰面，确认自己牢牢站稳后，再仔细观察上方的路绳和冰锥到底怎么回事。原来，冰锥没有被固定好。我试着轻轻地绷紧绳子，想试试更高处的冰锥是否牢固，然后，轻轻拉着绳子，不敢在绳子上再用力。每走一步，都用冰爪死死踢向冰壁，让自己的受力点落在脚上，而不是绳子上。冰锥的松动，原因可能是：其一，本身没有被牢固固定；其二，使用后导致松动；其三，太阳照射，金属锥体吸热，导致着力点处冰壁融化。太可怕了！之后，我每到一个结点，都注意检查，发现确实有很多冰锥出现松动现象，我把松动的冰锥再一个个固定好。这里的每一条绳子结点，都连接着我们每个人的生命。

用了 7 个半小时才到 C3，比以往攀登慢了很多。在营地碰到了早上去修路的夏尔巴下撤。他们说今天的路还是没有修通到南坳，计划要回 C2 休整。我看他们累成那样，真是心疼。他们说明早还要早起，到南坳把路修通，把需要的氧气带上去。"这样连续作战，怎么可能做到？"我心里想，难道他们的能量被彻底激发出来了？

由于今天一路检查路绳，我到达 C3 时，已经是晚上 8 点多了。DG 提前 40 分钟到了，正在烧水。我什么都不想吃，喝了两杯水，就是想睡觉。海拔 7400 米处已经非常缺氧了，为了更好地适应和节约氧气，晚上我把氧气控制器开得非常小（0.5），夜里不断醒来。

17 日凌晨 5 点钟，我见 DG 没有动静，就叫醒了他，问他："其他夏尔巴在哪里？"他才拿起对讲机与 C2 联系。可是 Tashi 说，所有的人都太累了，都在睡觉，还没起来。

"怎么办？"DG 问我。

我能怎么办？

18 日第一个登顶窗口期就这样错过了。面对这样高强度的攀登，唯有理解才能让自己心平气和，看来我们都再次低估了这次修路的难度。

"好吧，那我们就准备下山吧！"

花了 3 个小时，我们从洛子壁下撤到 C2，又经历了一场光溜溜的洛子壁的"枪林弹雨"。一回到营地，我就说："10 点 30 分，所有人一起开会！"

结果，开会时间到了，还有两人未到。

我有点发火了，提高了嗓门儿："为什么总是不准时？"

DG 说，要不下午再开会？我说，先开会再睡觉，需要马上决定一些事情。在场的人都点头，把另外两人叫了起来。

会上，我把所有的事都理了一遍，制订了 23 日左右下一个窗口期的登顶计划，大家的状态看起来也不错。下午，我们又规划了运输氧气、路绳、燃料和食品等细节。第一遍我不满意，原因是他们没有把所有物资的重量算出来，我又和他们一起仔细重新规划了一遍，能看得出，大家对下一个登顶计划信心满满。

我却因为大家之前的承诺，心里没底了——

我们的登顶计划是，窗口期头一天下午 6 点，从 C4 出发，这意味着，我们有可能超过 36 小时都在 8000 米以上的高海拔地区活动。我算了算时间，怀疑自己会不会衰竭而亡。这么大的强度，所有人能扛过来吗？每个人都能幸运安全地回来吗？

我一边做着登顶计划，一边想：这次是不是真的该放弃了？这样的冲顶太险了！

营地的两位厨师，Tenzing 和 Chonba 也一直非常辛苦。他们非常勤快、认真、善良。Tenzing 进山之后没两天，嗓子就哑了，说不出话来，但随时随地对每个人都是笑脸相迎。两位厨师除了做饭，只要有机会，就主动拎水去迎接修路回来的夏尔巴。

"今天晚饭比较晚，明天大家都休息，"我提了个建议，"明天早上不做早饭了，你们也休息一个早上。"厨师却主动说，那就给大家送份早茶。

5 月 18 日早上 8 点多钟，飞机终于把我们需要的补充物资全部运了上来，主要是一直都缺的充电设备，还有氧气瓶。因为修路的时间长、消耗大，我们的用氧量大大增加。

飞机还捎来了 Gyaltsen 准备的两道中国菜，还有写给我的一张纸条，说他已经安排好海拔 3000 米处的一家酒店，让我下山住几天缓一缓，而且他会来接我。他一定又在担心我们。

直升机进来前，估计没有办法联络到我们，我根本不知道有飞机会进到 C2，哪有时间准备下山去住几天？再说，现在下山，还怎么冲顶？我想 Gyaltsen 是基于安全角度考虑才会这么安排，他已经是第二次建议我下山休息了，因为他知道登山恢复体力的最佳办法就是到低海拔处休整几天。DG 说他昨天也不知道这事。我匆匆考虑了一下，还是决定在 6450 米的山上休息，时不时提醒自己注意身体就是了。

5 月 19 日凌晨 1 点多，休息一天后的 4 名夏尔巴再次向南坳进发。从洛子壁底到南坳的高度差有 1000 多米，路已修了一个多星期，每天都听夏尔巴说"已经接近南坳了"，"已经接近南坳了"，但是直到今天，路还没有修通。不是大家不努力，而是我们一次又一次低估了靠几人之力修路的难度。

中午，我一个人下到 C1 走了走，发现今年的冰川和往年很不一样，基本都是冰裂缝，几乎没有覆盖的雪，冰面连续性比以前差很多。从这里远望洛子壁，亮晃晃的冰面，就像一面天镜，好像可以照出真正的自己。一个人坐在冰面覆盖的石头上，用摄像机自拍记录今天的心情。自从进山，一直处于高度紧张的状态，很久没有一个人静一静了。望着从 C1 通往孔布冰川的龇牙咧嘴的冰峰和通向顶峰的明晃晃的冰壁，空无一人，在山里遇难的攀登者的魂魄似乎在呼喊，要寻找回家的路……

我忽然胆怯，毛骨悚然。

想着下一次冲顶的诸多不确定因素，想着我们这支队伍是否能安全回来，眼泪不由自主地淌了下来……

感觉整座山也停止了呼吸，安静得只能听到心跳，内心的声音。

此时，我的心只想跟随上天的指引……

我回到只有我们几人的空旷营地，走进清冷的帐篷里。

晚上很晚了，除了 Pasang，其他夏尔巴还没回来，我开始担心，一会儿出帐篷看一次，一会儿又出来看一次。洛子壁上的团队到哪儿了？ DG 休息一天后，说身体恢复了，争取去登顶。

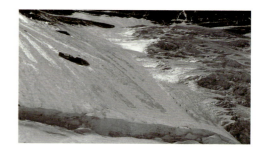

△ 光溜溜的洛子壁像一面镜子

我鼓起勇气，在黑暗中独自戴着头灯，去接最后回来的 3 名夏尔巴。当我见到他们拖着疲惫的脚步蹒跚而归时，不知道用什么语言来表达对他们艰苦工作的感谢。我走上前，给了每个人一个拥抱。

Tashi 说："今天最后的路段修得太难了，太难了！"

我暗想，修路到南坳都如此艰难，那去顶峰的路，究竟会难到什么程度？

在我们取消了第一个登顶计划后，根据天气预报，我们又制订了 23 日的登顶计划，按计划，5 月 20 日休整，21 日到 C3。

没想到，天气预报显示，5 月 21 日将是我们进山以来风力最大的一天。

风力大到什么程度？

风速将近每小时 40~60 公里，甚至达到80 公里！

为什么我们还是偏偏决定这个时候出发去 C3？因为，21 日去 C3，22 日就可以到达南坳。目前看来，23 日是最佳冲顶日。24日天气也不错，但是天气预报显示，24 日下午会变天。22 日夜里，天气会很好。夏尔巴说，可以在夜里再修一段通往顶峰的路。所以，我们不得不选择了在风力最大的 21 日去 C3。

5 月 20 日休整。

虽然 DG 状态不够好，但我不得不把他推到领队的位置上来。我英文不好，夏尔巴英文也一般，如果他是领队，我只需要与他一个人沟通。为了减少沟通上的失误，我经常会在 C2 的帐篷里拿个小本子写写画画，准确表达我的意思。

△ 夜里迎接修路回来的夏尔巴

下午我给大家做了鸡蛋汤面，把蒜在石头上磨碎作为调料。回到帐篷检查，发现来例假了，真是头都快炸了，怎么又和去北极时一样！这是出门 5 个多月的第二次例假，高强度攀登彻底打乱了我的生理周期，这让我对登顶又多了一份忧虑。

21 日，从 C2 到 C3 的路程，我决定和最年轻的 22 岁的 Young Lhakpa 同行。他体能不错，人也豁达，和我搭档，可以互补。

◁ 攀登洛子壁
▷ 如履薄冰

后半程，洛子壁上刮起了大风，脚下的路更加难走。我想到必须检查每一个冰锥是否松动，也提醒 Young Lhakpa 随时检查，他也提醒我小心落石。当我们到达 C3 时，居然看到多了一顶帐篷！这顶帐篷的外帐已经被狂风撕裂，路过这里只能听到狂风拍打帐篷的声音，里面没有动静。我心里咯噔一下，猜想，里面应该没有人吧？不敢接着往别处想。我们进到自己的帐篷安顿好后，Young Lhakpa 冲着那顶破帐篷喊了几

△ C3 被大风撕裂的帐篷

声，没有人应答，他又小心翼翼地爬到那顶帐篷跟前，发现，居然还有两个人在里面！原来是准备去攀登洛子峰的美国女性 Cleo Weidlich 和她的夏尔巴。在 C2 时，她曾经来过我们的厨房帐篷，他们计划去冲顶洛子峰。听说，她登顶过 5 座 8000 米级雪山。Young Lhakpa 说他们只带了一瓶氧气到 C3。确认那顶帐篷里的人员没事，Young Lhakpa 回到我们的帐篷。我们烧的热水，也分给了 Cleo Weidlich 和她的夏尔巴一些。

5 月 22 日早上，这位女性出发去登洛子峰了。我们的队伍刚刚铺设好的路绳又多了两个人使用，又多系了两条生命。我们晚于她出发，从 C3 去南坳的路上，我们超过了她和她的夏尔巴，说了声"Take care"，3 个小时后，到岩石区检查路绳时回头一看，她在后面很远的地方。后来我再回头，她已下撤，放弃了攻顶。

去南坳之前，夏尔巴告诉我，路已经修通了。等到我接近南坳下方的石壁，远远望去，走在前面的 4 名夏尔巴都停住了。

接着，Young Lhakpa 说："到南坳的路还没有修通……"

闻听此言，我的脑子嗡的一声！

今晚就要冲顶了，这之前，他们可是说过不止一次，到南坳的路"已经修通了"，"已经修通了"，可现在，走到跟前才发现，他们还在修！

这已经是在接近海拔 8000 米的南坳下方的岩石区，我做了一个危险的决定。

我对身边的 Young Lhakpa 说："我一个人走，你到前面帮忙吧。"

他看了我一眼说："OK！"

"Take care！"

然后，他去追前面修路的夏尔巴。

我独自一人横切穿过南坳下方的石壁，小心翼翼地开始攀爬。接近南坳陡峭的层层叠叠的岩石区，我还拍摄了一段珍贵的攀登视频。一个人攀爬，每一个动作都非常危险。攀爬过程中使用的路绳，有一部分是以前的旧绳子。最后一段路居然没有路绳，真是要命。

当天下午4点左右，我们陆续到了南坳。南坳是个风口，风很大。搭好帐篷安顿好，已经快5点了，还有两人需要再下到层层叠叠的岩石区取氧气瓶。

△ 横切去往南坳的岩石区

直到最后一刻我才知道，到南坳的路没有修通，这与他们之前告诉我的实际情况不符。虽然如此，我还是对他们为什么这样告诉我表示理解，因为今年天气状况和以往完全不一样。看到每一个人都安全到达南坳，我只有感恩，感恩上天保佑我们这支队伍还安全。但路没修通，严重打乱了我们之前的攻顶时间规划。没有时间休息了，接下来我们的任务变得异常困难。

今天，在接近8000米的生命禁区，我却做出一个人走在最后面在风雪中攀登的决定，不知道自己哪来的勇气。

到达营地，开始烧水，整理装备；查看确保每个人的对讲机有电；给我的摄像机、卫星电话的电池充分保暖，确保它们一直有电；分配明天携带氧气瓶和路绳的任务。

这次整个攀登过程，我们人手严重不够，体力透支，时间有限，每个人需要携带的物资数量，必须再三衡量。到底需要带多少氧气瓶，多少路绳，多少帐篷，多少睡袋，多少食物，多少氧气瓶等等这些事情，都得事先仔细权衡清楚。

△ 独自进入空气稀薄地带

△ 突击Ⅳ"死亡地带"

我们重新计划接下来的攀登细节，共同商量决定：4 名夏尔巴先出发。根据现在的体力透支情况，我们已经无法携带足够的氧气和路绳上山了。是否继续修路，究竟还能修多长的线路，只能边走边看。

商量好接下来的攀登计划，已经是晚上 9 点多钟。DG 的状态不错，一直修路前进，他主动提出来，明天去运送氧气。大家都太拼了！一路走来，每一个人的艰辛付出，深深印在我脑海里。

躺下休息，帐篷里逐渐没有了说话声，只有大家吸氧的呼呼声和帐篷外的猎猎风声。

愿上天保佑我们所有人平安！

4 名夏尔巴在夜里 11 点多先出发，带着路绳继续探路。海拔 8000 米的夜里严重缺氧，我彻夜不眠，一方面想着正在途中的夏尔巴的安危，一方面思虑着我们的攻顶究竟会怎样。我们的准备从凌晨 2 点推迟到 3 点，出发前，我打卫星电话，查天气，记录最近一天的天气预报，判断天气预报的准确程度及未来 3 天内的天气变化趋势，着重分析了 23 日整天和 24 日白天的天气情况。Young Lhakpa 用对讲机与正去往顶峰路上的夏尔巴联络了一次，大家都还安好，但修路并没有像我们想象得那么快。我和 Young Lhakpa 决定再次推迟出发。

我想闭上眼睛睡会儿，怕氧气不够用，把流量依然开到最低，0.5，一会儿憋得有些

△ 南坳不眠夜

喘不过气来，又调整到了 0.8，我只敢轻轻地吸氧，生怕把氧气瓶里的氧气一下子吸没了。两天两夜极度的疲倦和专注，居然让我忘记了 8000 米生命禁区的寒冷和恐惧。

迷瞪了一会儿，我和 Young Lhakpa 终于起程。早上 6 点，天色昏暗。这是我第一次在晨昏交界的混沌中动身冲顶。出发前，我们再次用对讲机联络了正在修路的夏尔巴，询问了目前的进度。修路虽然慢，但每个人都安全。我心里默念："感谢上天。"

我和 Young Lhakpa 穿过冰雪区，爬向岩石区的三角坡路段，虽然我们都已经疲惫不堪，但 Young Lhakpa 总是乐呵呵的，有时一副调皮样。他指着上方对我说："他们就在上面。"我也轻松一笑回应他，接着集中精力专注向上，每一步都非常小心。

突然，一抬头，我看到了一双从石头上悬吊下来的人腿！我马上低头并向左转移视线，深吸一口气，保持冷静，让自己站稳。

默念："No! No! No!"

我的思维停滞在那双布满冰雪的穿着蓝色羽绒裤的腿上。

我的第一反应是，我们的一名夏尔巴冰冷地坐在那里。

心里想，我们刚刚还和夏尔巴联络过，大家都好啊！

"不可能……不可能……"

我又抬头瞄了一眼，那是一具以前遇难的登山者的遗体，他正安静地靠在岩石处的节点"休息"。我转过脸，看到 Young Lhakpa，他假装什么也没有看到，非常冷静地对我做了一个向左的手势，然后我们沿着遗体左边的路绳绕道而行。

出发 3 个小时后，我们遇到了完成运输物资任务正下撤的 DG，他按计划下撤去南坳营地待命。他笑呵呵地与我们打招呼，用尼泊尔语和 Young Lhakpa 交流了一会儿，说上面攀登很难，然后他回南坳了。

我问 Young Lhakpa："Everything is OK?"

他很有力地回答："OK!"

我们在三角坡岩石区域接着向上攀登。

上午 10 点左右，在 8400 米平台区，我们赶上了正修路的夏尔巴。他们一直在轮流修路，每一步都非常艰难，速度很慢很慢。天空飘着大片大片的雪花，我的思绪也停滞在艰辛修路的画面上。

△ 结组自助攀登

又攀了很久，到了一个节点，我自告奋勇说要去首攀的位置。走在最前面的Pasang 对我摇摇头，说："Next time, you first." 我把自己固定在已经打好的节点上，对他点点头，小心地整理身边的路绳。Pasang 做了一个让我留在原地的手势，然后继续往上，其他人给他做保护。我拿出了摄像机，做了一段视频记录，询问了一下所有人的状态。

"Tashi，你怎么样？"

"我很好！"Tashi 举起右手，比画了一个 OK 的手势，接着说，"坏天气，这么大的风，所以我们只能做到这样的速度。现在又下起了雪。"他因氧气罩中混进了些冷空气而咳嗽了几声。

"现在已经将近下午 1 点啦！"

"是的，快 1 点了。但还有希望，我们能登顶的。"Tashi 晃了晃上身，回答我。

"我们已经用了 13 个小时了。真是太不容易了！"我说。

"是的！虽然这一路艰辛异常，但是我们还都在努力着。"Tashi 深深地呼吸着氧气，又不禁咳嗽了几声。"你看！"他用手指了指上方，"Pasang 就在前面，接近南峰顶了。"说着，他又用手指在空中比画了一下，"我们一起向上帝祈祷吧！"

"嗯。"我点头。

"这儿有多高？我们还需要几个小时才能够登顶呢？"

"大概 8600 米，需要 3~4 个小时吧。"他回答。

我计算了一下时间："那天差不多就该黑啦。"

"是的，"Tashi 说，"但是，那时我们应该已经架设好路绳了。"他用手捋了捋登山绳。

我又转向正在修路的另外两名夏尔巴。

"你怎么样，Old Lhakpa？"我问道。

他看着我，笑着回复了一句，因为他戴着氧气面罩，我却没能听清他说了什么。

"Young Lhakpa，你怎么样？"

"什么？"他一开始没听清，但很快就明白了，回答说，"我很好！只是这儿一会儿下雪，一会儿出太阳，一会儿刮大风，都混一起了，混一起了！"他冲着镜头做了个 mix 的手势。

他冲我说："去攻顶，大概 3 小时能登顶。"看我没有反应，他又加大了声音说了一遍，"从这儿走，3 个小时就到达顶峰！"

△ 风雪中艰难修路

"3 hours? I—don't—think—so! "我非常大声地一个字一个字地回答他。

"唉，不信？那好吧……"他笑着转身继续干活去了。

猎猎的风中，我看到夏尔巴认真地捋绳、送绳，架设路绳……

虽然我们所有人都说：今天我们需要到达顶峰才返回，但事实上，谁也不清楚会怎样。我们每个人都在给自己打气。

我们每个人都已经在 6500 米以上缺氧的高海拔地区生存了十几天，远远超出攀登的常规状态，体力已经消耗很大，哪怕是强悍的夏尔巴，也不可能保持进山前的体能。此时，我们只能集中所有人的能量于一条绳子上，这条绳子连接着我们几人的生命与相互间的信任。而这条绳子，只是普通的尼龙绳，并不像专业登山绳那么结实。

△ "Jing 之队"的尼龙登山绳

到达 8748 米的南峰顶前，路绳彻底用完了。自此，从南峰顶到顶峰，我们完全没有绳子可用了，而往上突破，就是珠峰最陡峭的悬崖绝壁，再往上就是 8790 米，是最危险的希拉里台阶。

站在南峰顶，清晰地看到珠峰顶时，大家不像以往那样兴奋，而是有些迷茫，似乎我们很难再突破前行。这时已经是下午 3 点，早已超过珠峰的常规"关门"时间很久了。我们这次难度太大，我出发时算了一个回程时间，设定的是下午两点必须返回，因为这样才可能在下撤中清晰地看见路。

望着前面的悬崖绝壁，大家都沉默不语。我们犹豫了，真的犹豫了。

我们需要抓住分分秒秒。两三分钟之后，我们决定，所有人结组在最后备用的攀登绳上，试着往上突击。

Pasang 决定，他带头走在最前面，大约走了十几分钟。这十几分钟的每一步都关乎生命，几十米的上方就是希拉里台阶。

这时，走在最前面的 Pasang 停了下来，回头问紧跟在他后面的我：

"Jing，how do you think？"

我看着他，用眼神反问："你怎么想？"

又回望了一下身后的 Young Lhakpa，他向我做出一个"听你"的可爱表情。

我快速思考了两个问题：今天凌晨出发前用卫星电话咨询过天气——今天应该是最好的窗口期，明天中午后转坏；如果我们这时下撤，面临的是没有多余的物资再次攻顶，也就错过了再次攻顶的可能。

我沉默地反问自己：我们还有勇气上来吗？

我指着顶峰说："I want to go. I think this is the last chance."

Pasang 提示道："Maybe, we go down, it's dark."

我沉默地点点头："Yes."

△ 梦想，只需再坚持一步

我右肩趴在崖壁，轻拍一下自己："Just me，I want to go."

Pasang 用尼泊尔语和其他 3 名夏尔巴做了非常简短的交流，然后，对我做了一个拳头的手势："Go!"

之后，我们再也没有丝毫犹豫，向着最艰险的顶峰进发。

我们的生死还能由自己掌控吗？

我感觉所有的能量就像一条射线，从脑门儿的头颅汇集在一起，射向世界之巅的顶点。这一切源自我们之间的信任，这种信任不仅仅来自个体，更来自团队的极度专注与默契。

当我攀爬到一个点，停下来再次回望时，看见体格最强壮的 Old Lhakpa 已经转身回程。我知道，他担心大家的能力，也担心失去生命。回程，这是一个人对生命的选择，没有任何一个人说什么，此刻内心只有尊重。Tashi 拴在最后面，我们 4 个人在风雪中开始了彻彻底底最危险最高海拔的攀登。

谁也预测不了，我们是否能安然无事；

谁也预测不了，我们是否能到达顶峰；

谁也预测不了，我们是否能在黑夜中活着下山。

当我费力地迈出踏上顶峰的那一步，Young Lhakpa 举起手里的冰镐喊：

"Hi，Jing，summit!"

"What's time?" Young Lhakpa 问。

我缓慢摘下右手上的外层羽绒手套，从连体羽绒服的胸袋里掏出手表。

"下午 6 点 30 分 !" Young Lhakpa 伸头看了看我的手表，惊呼着我们登顶的准确时间。

2014 年 5 月 23 日，下午 6 点 30 分。

△ 2014年5月23日下午6点30分登顶珠穆朗玛峰

"Jing, summit!"

"This is my third time on the top of the world! Yeah!" Young Lhakpa 兴奋不已。欢呼他的第三次珠峰登顶。

我对着摄像机说："我真的没有想到，我们今天可以登到顶峰，因为太难太难了！我们没有安全绳，结组上来。今天我觉得，走在最前面的 Pasang 表现得太勇敢太勇敢了！我真的觉得，还不知道怎么下去……"

之后，我竟一时无语。

这是我登山以来最艰难的一次攀登。我站上峰顶，忍住泪水，让自己平静下来。我想赞叹的，不仅仅是我眼前的 3 名夏尔巴，而是整个团队的每一个人。因为没有大家的超凡努力，我们今天不可能到达顶峰。

黑夜即将来临，峰顶风大，极冷，我不得不用手捂住嘴、脸，缓了好一会儿，才继续说出话来。

"谢谢你们！Young Lhakpa、Tashi、Old Lhakpa、DG，还有 Pasang、Tenzing、Chonba！如果没有你们，就没有今天的登顶！"珠峰之巅，风声猎猎，面对摄像机镜头，我动情地用英语向我的夏尔巴协作团队致谢，怕表达不清楚，又接着说了一串中文。

我又对着摄像机大声喊："了不起的夏尔巴！"

Young Lhakpa、Tashi 俩人轮流冲着镜头，一个劲地高喊着："Toread! Toread! We did it! Toread!"

Young Lhakpa、我和 Tashi 紧挨在一起，互拍肩膀表示祝贺。Pasang 负责拍摄。然后 Young Lhakpa 再给 Pasang 拍摄。Pasang 激动得连连做了 4 个双手向上的动作，嘴里说着尼泊尔语。

据说，在珠峰峰顶极度缺氧的环境下，人的思维都像几岁的孩子，所言所行都是出于本能，我们对着镜头记录下了所有这些真实场景。

Pasang 的状态最让我不安，他有那么一点点神志不清的幻觉状态，我怕他兴奋过头。也许他用这种方式来释放领攀带来的巨大压力和表达内心的喜悦。在顶峰停留近半个小时后，我们准备下山了。Tashi 让我帮他拍照。此时我意识到，必须强调下撤的安全。我指着每一个人的脚，用冰镐做出使劲

砌地的动作，直到大家点头确认。我清醒地知道，90% 的山难是在下撤中发生的，而这一次是在最高最危险的地段下撤，由于攀登时间远远超出预计时间，大家都面临彻底缺氧的状态。而黑暗中，还没有路绳。

我们需要激发最后仅存的一点点能量，专注在脚下的每一个点上……

此时，太阳从8844米的高空，庄严沉落。有光，到山尖。绵长洁白的喜马拉雅山脉顶峰，黄金尽染。

珠峰落日异彩。

△ 人类首睹珠峰顶日落

　　我想，这是世界上最孤寂最壮丽的落日了。珠峰顶峰日出时的阳光，一定见过不少疲惫却兴奋不已的登顶者，但也许还从来没有人在日落时分对它轻声说句"晚安"。

　　我们拍摄了珠峰日落的视频。事后我才确切地知道，我们的这次黄昏登顶，居然创造了一项新的世界纪录——迄今为止人类最晚登顶珠峰的纪录。

　　在此之前，珠峰的最后"关门"时间一直被约定俗成地认为是中午 12 点。过了这个时间，即使只差 50 米到顶峰，领队也会毫不犹豫地要求登山者迅速下撤。因为，即使这时你坚持完成登顶，下撤中会遇到什么，

△ 夜临珠峰

没人能预计。天气突变？体力衰竭？意外滑坠？突发肺水肿？脑水肿？任何一个变数，都足以直接要人命。

我们面临的境况，比这些常见的危险都更糟糕，更糟糕——

从攻顶到登顶，整个团队已经耗时 17 个小时，连夜作战已经是第三天，在海拔 6450 米以上已经 13 天。

我们下撤的 4 人，每个人早已精疲力竭。

现在天色已黑，夜间行走，路线难辨，从顶峰到南峰顶，我们没有路绳，每下撤一步都无比艰难和危险。

事后回想，我除了记得夜色中最危险的希拉里台阶的山脊和上山时看到的布满冰雪的蓝色双腿外，其他几乎什么都不记得了。

无论如何，我们已不可能于夜间回到安全的 C2。即使我们能够顺利到达南坳，我们 6 个人，4 个登顶的，再加上原本留在南坳 C 4 的 D G、冲顶途中返回的 Old Lhakpa 只有两顶帐篷和两条睡袋，有极大冻伤和体力衰竭的风险。

我们 4 个人采用的是结组下撤，一旦一人滑坠，将会殃及全队。我们一旦遇险，身处南坳的两名队友也无力救援。整座珠峰上，就只有我们 6 个人。

我们好不容易到了南峰顶，因为天黑，下撤的路线出现偏差，死活找不到路绳了。我的心仿佛一下子被冻在了冰壁上。花了不少时间，摸摸索索，终于找到了。

接近南坳营地雪坡的位置，以前是雪坡，现在是龇牙咧嘴的密密麻麻的冰裂缝。我们上山时并没有修路。每一步，都走在生死边缘。

23日当晚接近11点，上天保佑，我们终于安全撤回南坳C4。

珠峰登山者都清楚，珠峰南坳的C4，处在两山之间的风口。环境凶险，风速极大，氧气稀薄，绝非久留之地。当天晚上，我们没办法再回到C2了。南坳下面就是洛子壁，即使有路绳，继续下撤也不能保证安全。我还记得，返回前Pasang问道："今天我们下撤到C2好吗？"我何尝不想这样？但事实上，谁也没有能力再下撤，大家都已经累瘫了。登顶前安排应急预案时，我们有DG在南坳营地做保障。事实证明，这个安排太正确了。如果我们没有事先在南坳留人，以我们下撤到南坳时的筋疲力尽的状态，如果

没有补给和热水，所有人都将面临生命危险。我们6个人，两顶帐篷，每顶帐篷中只有一条睡袋，我根本无法想象我们怎样熬过这个生命禁区的寒夜。

我想起了《进入空气稀薄地带》一书中描述的1996年的那次著名的珠峰山难事件，2015年也拍摄成了电影《绝命海拔》——多名登山者就是在南坳附近遭遇到持续的暴风雪，迷路而未能及时回到营地，受冻死亡。那些活生生的场景都历历在目，遇难者还包括两位著名的西方珠峰攀登探险公司的领

队。1975年1月，中国国家登山队攀登珠峰，队员夏伯渝在海拔 7600 米因将睡袋让给了体力不支且丢失了睡袋的队友，在缺氧的高海拔地区和衣而睡，结果冻坏了双腿，下山后接受了双腿截肢手术。

但是，我们 6 人，在 8000 米空气稀薄的地带，只有两条睡袋，用奄奄一息来形容我们当时的脆弱状态，一点也不为过。能量一点点从身体里飘移出去，我冷得好像已经晕了过去，难以形容的寒冷和缺氧，让我整晚都在做梦……

黑夜里仍有太阳，一直有太阳，大太阳，温暖地洒在我们冰冷的躯体上……

△ "死亡地带"风雪夜

5月24日天一亮，我们就下撤，顺利抵达 C2，当天下午飞回了 Lukla。

下山途中，经过一个夏尔巴村庄，村民们听说我们是今年南坡唯一的登顶队伍，非常激动，特意为我们准备了简单但极其热闹的庆祝仪式，人们排着队为我们献上一条条洁白的哈达。我第一次遇到这么热情的款待，也被他们发自内心的真诚深深感动。后来我

△ 2014珠峰 "Jing 之队" 载誉而归

才知道，在欢迎人群中，有一位不动声色却一直在观察着我们的美国《国家地理》的特约撰稿人 Chip Brown。他抓拍到了当时的场景。照片中的我，脖子被太多的哈达压得都快直不起来了。在我们攀登珠峰期间，Chip Brown 正在珠峰区域做采访工作。虽然只是非常简短的几句交流，但他却是我下山后唯一真正采访过我的西方记者。

△ 偶遇美国《国家地理》撰稿人 Chip Brown

当年首次登顶珠峰的夏尔巴丹增的儿子Jamling Tenzing 曾说："今天我回首历史，除了我的父亲和希拉里，没有任何别的人可以首登珠峰。"

为什么？

他回答说："他们两人登上顶峰是平常心，回到这里还是平常心。"

现在想想，还真是这样。决定重返珠峰，决定继续向上走的那一刻，如果仅仅凭借我的"创纪录"，我的"不甘心"，我一定会胆怯，一定会放弃。没有任何名利值得冒险至此。但是，我在那一刻，极其平静，只有一份"试一试"的平常心。平常心会给人非常力，把不可能做成可能。

当天晚上，回到加德满都。我推掉了庆功仪式，带着内心的平静坦然启程去往地球九极的最后一站——麦金利山。

飞往美国阿拉斯加的路上，我想起朋友曾对我说"吉人自有天相"。我小时候受的教育，总是强调"人定胜天"。登山久了，我觉得，不是人定胜天，而是天道助人。那晚，如果不是珠峰天气好，如果不是我们上下一条心地坚持，如果不是我们团队的信念，

我们也做不到如此。也许，老天和珠峰都被感动了，它们想让我们知道，这世界上还有太多美丽的时刻，人类没有看到。

△ 平常心，非常力

5 位尼泊尔夏尔巴向导亲述 2014 年 5 月珠峰攀登经历 [1]

Tashi Sherpa

曾带领 3 人登顶珠峰

如果我来讲述本次珠峰攀登的故事，我必须承认：对我们来说，将路绳一路修到顶峰，太有挑战性了。我们 5 名夏尔巴共同完成了修路，我负责修路的技术环节。我可以骄傲地说，这是自 1953 年夏尔巴丹增·诺尔盖和希拉里·埃德蒙爵士第一次登顶珠峰后，又一次真正的壮举。不仅如此，我们还创造了人类登顶珠峰的最晚登顶时间纪录——2014 年 5 月 23 日的下午 6 点 30 分。我们也是 2014 年春季唯一一得到神灵 Chomo Lhongma 庇佑而登顶的队伍。我认为，静是个非常特别的人，有很多优点：谦虚、美丽、善良，有良好的决策能力，她比我带的其他客户都更勇敢坚强。能作为 "Jing 之队" 的一员，我感到非常自豪。

Tashi Sherpa

guided 3 climbers to the Summit of Mt.Qomolangma, so far

If I have to tell the story of this expedition, I would like to say that it was quite challenging for us to fix the rope all the way to the summit. I took the responsibility for the technical part of fixing ropes but we 5 Sherpa mountaineers did it together and I feel proud to say that this was the real extraordinary expedition after the first summit in 1953 of Tenzin Norgay Sherpa & Sir Edmund Hillary's Expedition. Not only this but we also kept the record as the latest Qomolangma Summit on 6:30pm May, 23rd, 2014. In the history of Mt. Qomolangma expeditions, there was only one group and only us to be blessed by the goddess Chomo Lhongma in the spring of 2014. I found Jing was a very special person who has the efficient quality of good things, for example, humble, beauty, good hearted, good decision maker and of course brave & strong compared to other clients that I've guided. I feel very honored and proud to be part of Jing's expedition team.

[1] 文中珠穆朗玛峰使用我国通行译法 Qomolangma，夏尔巴来信中为 Everest

Dawa Gyaljen Sherpa

曾带领 6 人登顶珠峰

这次攀登，压力非常大。许多人都反对再次攀登。因为之前珠峰发生雪崩，导致很多人遇难。我们为逝去的生命而悲伤，但是，我们需要理解，自然灾难随时随地都可能发生。我们夏尔巴真正依赖的是以徒步和登山为主的旅游业，生活还要继续。很多人威胁我们，阻止我们继续攀登，我们不敢与他们苟同。我们成功完成了这次攀登，非常骄傲，当地人民纷纷祝贺，也得到了尼泊尔政府的认可。不论对于我的家庭还是我个人，这都是值得自豪的事情，因为我们是当年唯一登顶珠峰的队伍。当我老去的时候，我很乐于回首这一段特殊经历。我们要向静致敬，即使诸事不顺时，她也凭借勇敢和坚毅努力主导推进。静外表普通却体力超群，非常友善，幽默，友好，勤奋务实。静的决心和勇气值得大赞。

Dawa Gyaljen Sherpa

guided 6 climbers to the Summit of Mt.Qomolangma, so far

There was a tremendous pressure while doing this expedition. Many people opposed climbing Qomolangma because the avalanche in the Qomolangma base camp killed many lives. We were sorry for the lost lives, but we need to understand and realize that natural disaster can occur anytime and anywhere. We Sherpa are truly depend on tourism of trekking and mountain expeditions. Life need to go on. We got many threats from many people during this expedition, but we disagreed with them all. We did this expedition successfully. We were very proud of it. We received many congratulations from our people and also got recognition from Nepal's government. It was a proud moment for my family and me as we were the only team to summit Qomolangma during that year. When I get old, I can fondly look back at this special moment. We salute Ms. Wang's bravery and grit to get ahead with this expedition even when at times things were not going as planned. She was an extraordinary lady who has strong physical strength, very friendly, helpful, great sense of humor, and always working hard. Ms. Wang's determination and courage are surely to be recognized.

Pasang Dawa Sherpa

曾带领 6 人登顶珠峰

当我听说静想攀登珠峰时，我非常想参与。我想登珠峰，不只是出于个人原因，也是为了我们整个国家。由于当时稍早发生的雪崩，一些人散布"珠峰已经对攀登者关闭"的消息，导致尼泊尔登山业陷入艰难境地。我非常希望通过实际登顶行动来消除这些消息所造成的不良影响。所以当我得知有机会做静的登山向导时，很高兴。我和其他向导伙伴下决心协助静登顶，让世界知道，珠峰对所有人开放，从来未关闭过。由于我们必须自己修路绳，探险难度很大，但我们做好了一切准备。下山路上，天逐渐晚了，我们中的一名向导不小心把手电落在了顶峰上，我们没有灯，下撤很艰难。但，最终我们成功了，对于我们所有人来说，那一刻弥足珍贵。不管从个人还是探险角度，我们都十分敬重静。

Pasang Dawa Sherpa

guided 6 climbers to the Summit of Mt.Qomolangma, so far

When I heard that Ms. Jing Wang would like to climb Qomolangma, I was very eager to take part in. I wanted to climb Qomolangma not only for me but also for the whole nation. Nepal was going through a tough time with the recent avalanche and also the negative news spread by some group of people saying that Qomolangma was closed for climbers. I really wanted to remove this bad news by being the summiteer. I was very glad that I was chosen as the climbing guide for Ms. Wang. My fellow guides and I were in full determination to take her up to the summit and to let the world know that Qomolangma is open for all and has never been closed. Yes, the expedition was full of challenges because we had to fix the ropes by ourselves, but we were ready for anything. It was tough descending down as it was getting late and we had no lights, because my fellow guide had forgotten his headlamp in the summit on our way back. But eventually we made it and that moment was very precious for all of us. We have a deep respect for Ms. Wang as a person and a daring adventure.

Lhakpa Nuru Sherpa

曾带领多人登顶珠峰

对我来说，这是一次特殊的探险。每一天，随着攀登高度不断升高，探险难度也越来越大。虽然环境艰难，我却惊喜地看到静坚持攀登的勇气和力量。所有的向导都很崇敬她坚持攀登的决心和毅力，我们由此理解了她为什么能成为出色的登山家。本次攀登中，我们要自己修建所有路绳，每名向导工作难度都很大。但最终，一切都是值得的。攀登途中，静不仅能够照顾好自己，还一直在留心照料着我们这些向导。

Lhakpa Nuru Sherpa

guided many persons to the Summit of Mt.Qomolangma, so far

This expedition was very special for me. Everyday, our expedition got tougher as we climbed up higher and higher. I was amazed to see Ms. Wang's courage and strength to continue with the climb despite difficult conditions. All of the guides really admire her determination and strong will to continue climbing higher. We really understand what makes her such a special climber. All of us guides had tough job during this expedition considering that we had to fix all the ropes by ourselves. But in the end, it was all worth it. Jing took care of not only herself but also all of us guides during the expedition.

Lhakpa Gyaljen Sherpa

曾带领 5 人登顶珠峰

　　一般来说，珠峰攀登季开始时，会有由 10 ~ 15 人一组的多支夏尔巴队伍，从 2 号营地把路绳一直修到南坳，再从南坳修到顶峰，但是静的珠峰攀登却非如此。整个攀登过程都充满挑战，因为我们是 2014 年第一支，也是唯一一支，在本次攀登季尝试攀登珠峰的队伍。一群夏尔巴人以雪崩遇难同胞的名义，阻止我们同静一起攀登，我们要面对他们的质疑，还必须自己修路，这使得攀登艰难又漫长。但最终我们还是克服重重困难，成功登顶。

　　对于我们所有向导来说，这次攀登都是一次严峻的考验和巨大的荣耀。能够成功登顶，绝对离不开静的勇敢和毅力。作为静队伍中的一员，能与静一起登顶，我非常荣幸，也非常自豪。

Lhakpa Gyaljen Sherpa

guided 5 climbers to the Summit of Mt.Qomolangma, so far

Normally during the Qomolangma expedition, you find fixed ropes up to the summit for all the climbers. These ropes are fixed by several groups of people (10 to 15 people 1 group). who at the beginning of the expedition season fixe ropes from Camp 2 to South Col and then from South Col to the summit of Qomolangma. But Jing's expedition was different. The expedition was a challenge for all of us as we were the first and the only team attempting to scale Mt. Qomolangma in that season. We had to face huge challenges from a group of Sherpas who wanted to stop our climbing with Jing on in name of several Sherpas' death on icefall. And all of us had to fix the ropes by ourselves making this expedition much tougher and longer. Eventually, we overcame all the difficulties, and reached summit.
This expedition was a tough test and great victory for all of us guides. Ms. Wang's bravery and willingness to make the summit made this expedition a success. I am very honored to be with Ms. Jing to the summit of Qomolangma and feel very proud to be part of her team.

2014 年 6 月 16 日新华网关于尼泊尔政府确认王静珠峰登顶的英文报道截图

2014 年 7 月 3 日新华网关于尼泊尔政府承认王静珠峰登顶的中文报道截图

2014 年 6 月 30 日中国新闻网关于王静珠峰获尼泊尔"国际登山家"荣誉的报道截图

女登山家王静创人类登顶珠峰时间点最晚纪录

来源：中国户外网　　　　　　　　　　　　　　　　　　2014.5.27

2014 年 5 月 27 日中国户外网
关于登顶珠峰时间点最晚纪录
报道

2015 年 5 月 25 日美国《国家
地理》网站刊发的关于王静珠
峰登顶的英文报道

2014 年第 11 期《中国科学探
险》杂志封面故事深度报道

美国《国家地理》采访报道:
雪崩后登顶珠峰引发争议　登顶女性坚决维护壮举[1]

NATIONAL GEOGRAPHIC
国家地理中文网

美国《国家地理》中文网刊发的
《雪崩后登顶珠峰引发争议 登顶女性坚决维护壮举》
报道用图

　　5月23日下午6点30分,39岁的中国登山家王静和一小队夏尔巴人成为今年最先也是唯一从南面抵达珠穆朗玛峰顶峰的攀登者。

　　王静和她的向导在没有固定的绳索的情况下,且距离下午两点这一惯常的返回时间很久之后,攀上了珠穆朗玛峰顶峰的山脊,包括一段危险的路线:被称为"希拉里台阶"的40英尺(12米)高的悬崖。然而,更令人难忘的是,他们在黑暗中从同样危险陡峭的边缘返回,并安全下降3000英尺(914

米),回到了位于珠穆朗玛峰和洛子峰之间的"南坳"营地。可以说,自20多年前商业向导开始探索以来,这是征服世界最高山峰的最出色的攀登行动之一。

　　但不是所有人都这样认为。

　　5周前,一场巨大的雪崩导致16人丧生,包括13名夏尔巴人和另外3名工人。珠峰因此笼罩上了悲剧色彩,并引发了冲突。从本质上说,基本导致南坡方面的探险全面终止。

[1] 载于美国《国家地理》中文网,发布于2014年8月。

几乎所有尼泊尔那边的探险者都放弃了他们的计划，而王静却坚持攀登珠峰，且她是用直升机绕过了危险的孔布冰川，有3具雪崩受害者的尸体因为无法回收仍埋葬于此。因此，王静的珠峰登顶陷入了争议——她被嘲笑为低级趣味，是富有的"伪登山者"的恶嗜好。这些伪登山者违反了攀岩的基本伦理，带来了一个"用直升机登山"的品质恶劣的新时代。

来自王静祖国的批评最为猛烈，中国的博客怒气冲冲，横加指责，其中有一些在传播错误的消息。

在中国的社交网站微博上，一位愤怒的评论者写道："直升机静，你浑身散发着用钱买来的证书和荣誉的恶臭……神圣的珠穆朗玛峰被你玷污了，你是个狡诈而丑陋的人！"还有其他人也加入进来："这在珠峰攀登史上是一个永恒的耻辱。在登山圈内，这是臭名昭著的笑话！"

珠峰登顶是在王静地球九极计划的第128天开始的。在这项计划中，她将在全球范围尝试在创纪录的时间内抵达两极，以及七大洲的最高峰（加上两座备选的最高峰，以排除任何关于哪座山是该大陆真正的顶峰的争议）。

登山马拉松

王静于1月15日开始了艰苦跋涉和攀登的壮举，她首先从南纬89度徒步滑雪68英里（113千米），抵达南极；这场马拉松共耗时149天。6月13日上午11点20分，她和朋友们一起立于勃朗峰顶点。她一共花了143天去往两极和七座顶峰——6月6日，她攀上了阿拉斯加州的麦金利山，从技术上来说已经完成了这项挑战。

我第一次见到王静是在5月25日，即她于黄昏时分登顶珠峰的两天之后。她在孔布地区的商业小镇纳姆泽巴尔尔停留了几天，参加了为她举办的庆祝仪式，因为之前48小时在全力攀登，此刻仍然精疲力竭。经历了12小时30分钟的登顶活动，她于5月23日晚上11点返回了4号大本营。

她和5名夏尔巴队友在南坳度过了寒冷的夜晚——他们6个人只有两顶帐篷和两条睡袋——之后，打算在周六下山，在中午抵达2号营地。周日上午，她和夏尔巴乘坐直升机飞到了西库姆冰斗，这是一个宽阔平坦的山谷，位于洛子峰脚下。

在纳姆泽的短暂停留期间，没有太多机会听到攀登珠峰的细节。她为当地的医院捐出了30000美元，收获了赞扬、哈达、奶茶和饼干。她接受了《喜马拉雅时报》记者的简单采访，回答了我的一些问题，并把脚举过头顶，展示身体的柔韧性，然后立即乘

珠穆朗玛峰 8844m 努子峰 7861m 洛子峰 8516m

坐直升机抵达加德满都。当天夜里，她登上了飞往阿拉斯加州安克雷奇的 4 个商业航班中最早的那班，然后赶往德纳利国家公园，准备攀登北美最高的山峰。

尽管对于用直升机抵达 2 号大本营颇有争议，王静攀登珠峰这一举动其实在 6 月就得到了尼泊尔旅游、文化和民航管理局的正式认可。并且，6 月 30 日在加德满都，尼泊尔政府还授予她"2014 年国际登山家"称号，这一奖项也曾授予过埃德蒙·希拉里爵士。

两周前，她与丈夫盛发强，以及两个女儿 11 岁的 Cady 和 9 岁的 Kathy 一起飞到纽约度假，我们在下曼哈顿区的一家餐厅里

进行了更为悠闲的对谈。

王静会说一点点英语，她的朋友 Xi Ye，45 岁，是高盛的投资银行家，为我们做翻译。她对于攀登珠峰所引起的敌意，尤其是中国人的敌意依旧感到吃惊，想以书面的形式纠正一些不准确的地方——从所谓的试图隐藏使用直升机到她的年龄。

"我犹豫了很久，我第一次感到了死亡的威胁，就像在用生命做交易一样。"

"当他们说我 41 岁的时候，我真的是疯了。"她笑着说。

她的朋友们都叫她静，她穿着裤子和一

件黑色上衣。在整个 4 小时的对谈中，她看起来很谦虚，脾气很好，甚至有时候会傻笑。她还表现出了一种明确的意志与动力，这些品质在她的登山经历中也一览无余。2007年，她开始了登山生涯，征服的第一座雪山是乞力马扎罗山；现在她已经 3 次登顶珠峰，还有 6 座 8000 多米高的顶峰——马卡鲁峰、玛纳斯鲁峰、布洛阿特峰、卓奥友峰、洛子峰和希夏邦马峰。

在中国度过童年

王静在四川资阳的乡镇长大，是家里 4 个孩子中最小的。她的父亲是一位工厂工人，母亲在当地的村政府工作。王静只念到了初中毕业，随后做了服务员，并在 1993 年遇到了她的丈夫。当时的情况是这样的：他走进了餐馆，希望能签订一份印刷菜单的合同。

1995 年，他们购买了一个帐篷设计专利，共同创立了一家帐篷制作公司。公司名叫天惠，在英文中是快乐每一天的意思。王静亲自缝制了第一顶帐篷。

她回忆道："开始的时候，我并不知道有户外用品公司，例如北面（North Face），在制作帐篷。"这对夫妇最初的生意从中国西南部的一个城市广西北海起步，1999 年他们带着创业梦想来到北京香山脚下，创立北京探路者户外用品公司。他们花了 10 年，把公司带入了公众的视野（2009

年探路者作为首批 28 家企业之一成功登陆中国股市创业板）。现在，探路者的市值约有 10 亿美元。

王静是从去年秋天开始计划她的地球九极（7+2）登山探险项目的，其动力与其说是为了宣扬品牌——她说："我不想为了一个产品而牺牲生命"，倒不如说是挑战自我的渴望，以及在中国促进女性事业和户外活动。

当她原先的珠峰向导服务商喜马拉雅体验公司（Himalayan Experience）的 Russell Brice 在雪崩之后宣布退出，这个项目就变得前途渺茫了。王静于 4 月 27 日返回了加德满都，并试着获批从北面攀登珠峰。然而，她被拒绝了。

尽管孔布冰川已经不可通行，因为那些在冰川上建造和维护路线的夏尔巴专家已经移除了绳子和梯子，但尼泊尔官方仍坚持开放珠峰攀登。得知此事之后，王静联系了加德满都的一家向导服务商：喜马拉雅夏尔巴探险公司（Himalayan Sherpa Adventure）。

她因为"商业原因"拒绝透露固定费用的数额，喜马拉雅夏尔巴探险公司雇用了一个厨师、一名帮厨和 5 位向导：Pasang Dawa Sherpa、Lhakpa Nuru Sherpa、Lhakpa Gyaljen Sherpa、Tashi Sherpa 和 Dawa Gyaljen Sherpa。与媒体报道相反，这些人都曾多次登顶珠峰。

5 月 7 日，王静和她的新队伍返回了珠峰大本营。第二天，也就是 5 月 8 日，一个美国女人 Cleo Weidlich 乘坐直升机到达 2 号大本营，尽管尼泊尔政府的政策限定冰川上的直升机只能用来救援。Weidlich 拥有许可证，可以攀登珠峰的"邻居"洛子峰，世界第四高峰。（Weidlich 在撤退前攀到了 3 号营地附近）

争议的迷雾

在过去两个月的时间里，就雪崩后直升机的使用问题，有无数的困扰和争议围绕着各个尼泊尔政府部门，很难确定谁有许可去做什么。无论如何，两天后，即 5 月 10 日，王静的小队和鱼尾航空公司（Fishtail Air）的飞行员 Maurizio Folini 一起飞到了 2 号营地。她说这件事已经被广泛报道，并坚持她从未试图隐瞒。

她说，她的脑海中仍浮现着 10000 英尺以下的康松东壁，而她的小队独自行进在珠峰上，只有彼此可以依靠。"我的眼泪夺眶而出"。

王静是这样告诉我的："我不知道我的向导服务商是否持有直升机飞行许可。我签合同的时候，知道我们可能会飞过冰川。我

们评估了大本营的情况，发现没有办法攀爬过去。首先，这是不可能的。其次，我们不想走过那个地方，死去的夏尔巴被埋在冰中。我从没想过这会引起轩然大波。如果你不飞到 2 号营地，就只能打道回府。"

到了山上后，王静并没有意识到周围弥漫的骚动。有一些无疑是出自于愤恨：她实际上是一个人独占了珠峰的南面。她也很固执——或者，有些人会说，那是迟钝——当其他几百个西方登山者打包好行装回家时，她仍然在坚持。他们中的有些人出于对死者的尊重和安全问题，取消了计划；有些人则是不情愿地放弃，因为大本营里的激进分子发出了暴力威胁，并正在寻求政治经济手段联合抵制登山。

在 4 月 18 日的悲剧之后，攀登珠峰是否无礼这个问题并不容易回答。很多伤心的夏尔巴在同胞死后，很想回家，他们也许会说是，但也有很多人留在那里工作，并没有被激进分子的威胁吓到，这些激进分子用这场悲剧来迫使僵化的尼泊尔政府进行劳动改革。

由王静的尼泊尔向导服务商找到的夏尔巴发现他们获得了最划算的工作之一。王静告诉我，她向喜马拉雅夏尔巴探险公司的总经理 Phurba Gyaltsen Sherpa 一次性支付了一笔钱；她不知道每名向导得到的具体数额。

但去年 5 月在卢卡拉，王静小队的一名

成员 Krishna Gopal Shrestha 告诉我曾经雇佣的向导，每位夏尔巴经过 3 个星期的艰苦工作，可以获得 10000 美元的报酬和 2000 美元的小费，而通常在珠峰工作 3 ~ 4 个季度收入的总和才有这么多。当我对王静提到他们的时候，她并没有反驳这个金额。

漫长的攀爬

从 5 月 12 日开始，王静和她的小队在海拔 21240 英尺（6474 米）的 2 号营地和洛子峰海拔 23484 英尺（7158 米）的 3 号营地之间开始了一系列适应性徒步。除了搭帐篷和照看登山者，王静小队的夏尔巴还需要架起固定的绳索，这项工作通常是大型商业探险公司在春天攀爬季一开始，委托一大群夏尔巴人共同完成的。卫星天气预报显示，在 5 月 18 日前后天气晴好，王静最初就打算在这一天尝试登顶。

5 月 16 日，她爬到了 3 号营地，但她的夏尔巴小队因为修理路线已经精疲力竭，于是她第二天返回了 2 号大本营。后面 3 天，她都在休息，并等待最佳天气。

5 月 21 日，小队准备就绪。他们搬到了 3 号营地，并于 5 月 22 日继续抵达南坳高达 25938 英尺（7906 米）的 4 号营。他们打算在第二天，也就是 5 月 23 日星期五登顶。

王静第二天早上 6 点就出发了，和被她称为"年轻的 Lhakpa"的 22 岁向导 Lhakpa Gyaljen 一起攀登。

下午 3 点，他们已经攀爬了 9 个小时，远远超过限定时间，大部分商业探险队长都会要求登山者返回。王静和 4 名夏尔巴抵达了南侧峰顶，距离山顶还有 200 米，需要攀爬 2 个小时。（Dawa Gyalje Sherpa 已经返回 4 号营地。）从这里开始，将不会有固定的绳索，因为绳索已经用净了。

"你认为呢，王静？"Pasang Dawa 问道。

"你呢？"她回答。

"当时，每个人都变得沉默忧郁起来，"她回忆道，"我说，'我们能再试着往上一点吗'？于是我们又爬了 15 分钟，到了南侧峰上面；然后又停了下来，再次交谈。我们应该回去吗？领队 Pasang 说，如果我们继续向山顶进发，那下来的时候不仅天黑，且没有固定的绳索。"

"我犹豫了很久，我第一次感到了死亡的威胁，就像在用生命做交易一样。然后，我说：'我想继续往前走，但这是我一个人的决定。'我不想让其他人觉得，他们必须跟着我。于是老 Lhakpa 转身返回了。一旦你做出决定，就要全力以赴。我不再犹豫，但环顾四周时，我还是感到很紧张。2010 年和 2013 年，我攀登珠峰的山脊时，都是在晚上。这次是在白天，我们没有固定的绳索,而且可以低头看见(西藏那一边的)康松东壁。这个下坡非常陡峭。"

Pasang Dawa 打头阵,拴着王静,然后是年轻的 Lhakpa 和 Tashi Sherpa——没有人像通常那样有固定绳索保护。他们沿着山脊向南侧顶峰上方艰难前行,来到了著名的难关希拉里台阶。Pasang 剪去了一个旧的固定绳索,但大部分还是出于心理原因。他们都知道这样做总好过信赖一根久经风化的绳索。

最后,下午 6 点 30 分的时候,他们抵达了顶峰。在 Pasang 拍摄的视频里,你可以看到罕见的珠峰盛景,在庄严的落日余晖中——洛子峰、马卡鲁峰以及远处数不尽的其他山峰,奇特的云彩王国和高高的喜马拉雅王国在最后一丝光亮中闪闪发光。这样的景色太壮丽,可为之付出的努力却总是被忽略。

在镜头里,王静身穿红色探路者加连体服,摘掉了氧气面罩,说:"好,好,好。"她大口吸着氧气,用中文说:"我真没想到我能够登顶,因为这真的非常,非常困难。因为我们没有固定的绳索,我们都是徒步上来的。还有,我觉得今天最勇敢的人是 Pasang,他一直走在前面。我觉得我还不知道该怎么下山。神奇的夏尔巴。"

晚上 11 点,他们回到南坳,48 小时之后即下山。这场旅行就像梦一样消散了。

几天前,我收到了王静的一封电子邮件,她为下午 3 点 15 分在南侧顶峰的"愚勇"时刻加上了一些细节。她给过夏尔巴机会返回,只留下她一个人;她在不知道能否独自一人完成这次登顶的情况下,就决定继续向前;更不用说还要在没有路线的黑暗中下山。

她说,她的脑海中仍浮现着 10000 英尺(约 3000 米)以下的康松东壁,而她的小队独自行进在珠峰上,只有彼此可以依靠。"我的眼泪夺眶而出"。

回到纽约对谈。我问她,下一步会做什么。她觉得可能会暂停攀登运动,她说:"我希望做一个家庭主妇。"餐厅正在关灯,她说了一声再见,向住宅区走去,回到她的家人身边——就像纽约的普通游客一样,拿着票去看《狮子王》。

Chip Brown 是美国《国家地理》的特约撰稿人。他曾写过夏尔巴在珠峰攀登业中的作用,以及 2014 年 4 月 16 日导致 18 人丧生的雪崩对夏尔巴群体造成的影响。

2015 年 5 月 25 日美国《国家地理》网站珠峰登顶报道所用照片截图

Hawley 女士与王静女士就 2014 年珠峰登顶记录的确认核实往来邮件问答 [1]

The HIMALAYAN DATABASE

Ascents - Spring 2014
Everest (South)

May 23 18:30 Lhakpa Gyalzen Sherpa (d) (Jubing, Nepal)
May 23 18:30 Pasang Dawa Sherpa (d) (Tate, Nepal)
May 23 18:30 Riten Jangbu (Tashi) Sherpa (d) (Ghorthali-2, Nepal)
May 23 18:30 Jing Wang (d) (China)

Kangchenjunga

May 17 12:00 Romano Benet (Italy)
May 17 12:00 Ms. Nives Meroi (Italy)
May 18   Tatsuo Matsumoto (Japan)
May 18   Pema Sherpa (Ekuwa, Nepal)
May 18 08:15 Mi-Gon Kim (S Korea)

喜马拉雅山脉登山数据库（The Himalayan Database）网站上关于
王静和三个夏尔巴向导 2014 年 5 月 23 日登顶时间的记录截屏

H 问：你为什么没有像其他人一样等到明年春天，再进行喜马拉雅的攀登？你和（或）你的夏尔巴向导是否担心过会遭到激进分子的攻击？

W 答：当时发生雪崩后，我虽然不在珠峰现场，但我在 Lobuche 听说了这场山难非常难过，我想大家的心情都是一样的沉重。我喜欢登山，自然也喜欢夏尔巴这个群体。自从 2009 年来尼泊尔攀登后，我每年都来这里。今年放弃珠峰攀登，并不是登山者主动放弃，在攀登队伍里的大多数夏尔巴并没有罢工的意思，他们和这些攀登客户一样想继续攀登，但因为后来受到威胁而不得不放弃攀登。事实上，尼泊尔政府在 4 月 24 日发表的公开信，已经明确说明珠峰继续开放，鼓励大家继续攀登。这些背景我想您比我更加了解。

登山者并没有主动放弃攀登的意思，事实上正相反，当时我的队友听说了这个消息后，大家都很沮丧，但同时也在想怎么才有可能继续攀登。大家都在尽力地争取继续攀登的可能性，还有人和我一样想到去北坡攀登，但咨询北坡相关人员，北坡拒绝接受所有想从南坡转入的攀登者，也包括我在内。

[1] 文中 Hawley 提问时简称为 H，王静回答时简称为 W。

您知道，珠峰的攀登每个人都投入了大量的准备工作，包括精神上的、物质上的、时间上、经济上的等等，没有人愿意轻易放弃。这点我和其他队员一样希望这季珠峰能继续攀登。此外我还有一个特殊的原因，我今年从1月就开始了我的地球九极连续的攀登项目，这包括7大洲的最高峰和徒步一纬度到达南北两极，还有两座被争议的山（勃朗峰和科修斯科山）。雪崩发生时，我已经完成了7大峰中的5座山峰并完成了南北两极徒步，完成珠峰攀登后，就只剩下最后一座山——麦金利山。在这种情况下，我不愿意轻易就放弃这次珠峰攀登，我想在南坡做最后的尝试。我首先找到之前的探险公司负责人——Russell，和他面对面地做了一次咨询，是否可以请他为我组织安排再回到大本营继续攀登，得到Russell的答复是：他现在不可能再进入大本营组织攀登了。于是我找到了尼泊尔的朋友，让他一起帮助规划，找到了尼泊尔的一家公司，为我重新组织珠峰南坡的继续攀登。由于担心我之后的攀登会给Russell带来麻烦，所以再次攀登珠峰的计划我并没有告诉他。我和我的新公司、夏尔巴充分考虑安全的问题，一方面是攀登中的安全，另一方面就是人为的安全，夏尔巴和组织方都告诉我不用担心夏尔巴可能受到的威胁，他们会处理好攀登之外的所有事情。我的英语很不好，所以登山以外的事情都是

由尼泊尔的朋友和登山公司安排处理。

H问：请说出你第一次到达C2的日期和高度。

W答：5月7日进入大本营，5月10日乘直升机到达C2——6450米（5月8日，美国的那位女士已经飞进C2）。

H问：请说出你第一次在C2睡觉休息的日期。你的夏尔巴向导在你之前就去过那里吗？

W答：5月10日到达C2后，当天我们就搭建帐篷住在C2，我们都在同样的时间进山和下山。

H问：请说出你第一次在C3休息睡觉的日期和高度。

W答：5月16日，第一次到达C3高营地7400米，在营地住了一个晚上，然后下山；第二次到达C3是5月21日，住一晚。

H问：你在珠峰南坡的C4是什么时候休息睡觉的？

W答：5月22日下午大约3点半到达7950米的南坳，开始建营等，休息的时间大约是晚上9点，但几乎之后都没有深度睡眠。

H问：你和你的夏尔巴向导具体是几点，哪

一天离开 C4 向峰顶进发的?

W 答：22 日夜里 12 点左右，4 名夏尔巴提前出发去修路，我和另外一名夏尔巴（22 岁的 Lhakpa）的出发时间是 23 日早上 6 点。这一次我一直负责查阅、分析、判断天气，也起到了整个队伍的指挥协调作用。在登顶的当天早上，我依然用卫星电话查询了未来几天的天气情况，再次确认了 23 日当天的天气应该不错，也包括 24 日早上天气也不错。

H 问：你和你的夏尔巴向导是否曾在登顶路径上的 Balcony（8500 米）露营?

W 答：我们没有在这里搭建营地，最后一个营地就是 7950 米南坳。

H 问：你是哪天的几点到达峰顶的?

W 答：我们到达峰顶的时间是 23 日下午 6 点 30 分。

H 问：你在峰顶待了多久? 你们使用了哪顶帐篷并在里面休息?

W 答：我们在顶峰拍完照片和视频后就下山了，大约 25 分钟，下撤到南坳营地使用的是 Toread 和 The north face 的帐篷各一顶。

H 问：有多少名夏尔巴向导和你一起到达的顶峰?（他们的名字和个人资料）他们

是很出色的登山者吗，还是比较普通的登山者?

W 答：3 名夏尔巴一起到达顶峰（Pasang；Lhakpa，他 22 岁；Tashi），他们都有 2～5 次登顶珠峰的经验，是优秀的夏尔巴。

H 问：夏尔巴向导用了多少米长的固定绳索? 你用没用以前遗留在珠峰上的陈年路绳?

W 答：最终我们的路绳是从洛子壁修通到了南坳，然后从南坳再到接近南峰顶的地方，具体多少米我不能准确地回答。这次个别地段我们用了陈年路绳（例如裸露在岩石外的路绳）。

H 问：由于几乎没有人，路上是什么样?

W 答：这次和前两次登顶珠峰有天壤之别，因为没有任何提前留下的脚印，无疑给攀登带来了难度。今年裸露的岩石更多，从 C2 就能看到非常大的变化，很多路段可以看到石头，而以前全部都被雪覆盖，洛子壁上几乎全是冰，攀登非常不一样。

H 问：你是什么时候开始用氧气的? 你在下山过程中何时开始停止用氧气? 随行的夏尔巴向导又是何时开始和停止用氧气的?

W 答：这一次难度非常大，所以夏尔巴在修路时也用了氧气。具体位置大约是接近

C3，他们的身体情况不一样，他们用氧气的先后可能会有点差别，我也一样，在接近C3时开始吸氧。下山也是这样，每个人的氧气流量和状态有所区别，大约是走完洛子壁或者是C3停止吸氧。

H 问：这次和你一起攀登的夏尔巴是不是 Himalayan Sherpa Adventure 的 Phurba Gyaltsen Sherpa 为你提供的？你给那 5 名登山的夏尔巴向导每人 $2000，以及另外两名夏尔巴向导（厨师还是？）每人 $500？这个费用是否包含了他们的服装和装备？或者说这部分是额外的付费？

W 答：5 名攀登的夏尔巴都是 Himalayan Sherpa Adventure 的 Phurba Gyaltsen Sherpa 提供的。我这次付费是直接付给登山公司，登山公司再自行决定付给夏尔巴费用，所以夏尔巴的具体收入我并不知晓。

H 问：你从大本营到 C2，搭过多少次直升机？从 C2 到大本营呢？你，夏尔巴和货物用了几架飞机？是 Phurba Gyaltsen Sherpa 和 Simrik Air 安排的这些飞机吗？

W 答：我从大本营到 C2 只搭乘过一架飞机，下山也是如此，一共就只有一架飞机来回地运输（每次来回的时间约 7 ~ 8 分钟，具体次数我不确定，因为是登山公司直接安排指挥的），不是 Simrik Air，是另外一家公司的，

名字我还真不知道叫什么。

H 问：这之间，哪怕只有一小会儿，是否有一个美国或巴西籍的女性，Cleo Weidlich 曾经和你，或者是和你的夏尔巴一起进行攀登？你的夏尔巴在哪些方面是否对她有所帮助？或者对于你来说，她造成过阻碍？

W 答：她曾经来过我们的厨房帐篷，后来我的夏尔巴告诉我，她想让我的夏尔巴帮助她修去洛子峰顶峰的路。在 C3 时看到过她的帐篷，当时已经被风吹得破烂不堪，我和夏尔巴都以为里面没有人，但后来夏尔巴进帐篷里查看，里面住着她和她的夏尔巴向导，我们还特别担心帐篷会不会被大风吹下山。第二天早上，她先出发，我后来超过她时简单地问候了一声"注意安全"，没有更多的交流。

Elizabeth Hawley 女士，生活在尼泊尔加德满都，致力收集、整理攀登喜马拉雅山脉登山者的数据信息。她所创建的 The Himalayan Database，是该领域最权威的数据库，涵盖了尼泊尔 300 余座山峰的详细信息和登山记录。世界登山界称她为"喜马拉雅登山记录保管人"。

九九归一

麦金利山

北美洲

麦金利山 Mt. McKinley
山　脉：阿拉斯加山脉
海　拔：6194 米
峰顶坐标点：63°04′10″N
　　　　　151°00′27″W

在享受山野自由的同时，坦然地面对自己，
这是登山最大的魅力。

——《登山圣经》

>> 我已经在麦金利山旁边的 Talkeetna 小镇待了 4 天。

5 月 27 日我到达这里，地球九极项目的最后一站，本想速战速决，争取在 6 月 1 日前完成麦金利山的攀登，却因为连续下雨，一直进不了山。

在小镇的所有登山者都在等待好天气。这个季节最佳的进山交通工具是小飞机，起飞半小时就可以到达目的地。可如果天气不好，飞机就不能起飞。夏季也可以开车进山，但山路曲折而险峻，我得知的情况是，这一季的攀登，还没有一家探险公司选择开车进山，为了节约时间和规避风险，大家都选择乘坐小飞机。

第一次有关麦金利山的记载是在 1794 年。英国航海家乔治·克安克瓦沿着阿拉斯加海岸线航行时，在北方的水平线上发现了这座"伟大的雪山"。直到 1913 年，麦金利山才被人类征服。1951 年，布拉德福·华斯伯恩开辟了从卡希尔特纳冰川开始延伸的攀登麦金利山的另一条路线，成为麦金利山传统攀登路线。这条路线使许多人实现了攀登梦想。飞机从这里第一次把登山者运到大本营，使登山者们免去了只有长距离行走才能到达大本营的艰辛，更多业余攀登者在登山向导的带领下到达峰顶。

今天已经是等待的第四天，我想，也许，老天爷特意安排我在这里休整疲惫的躯体，减缓高强度攀登珠峰所带来的体力和精力的透支，当然也包括听到一些关于我这次登顶珠峰的评论后所带来的心理疲惫。

等待 5 天后，6 月 1 日儿童节这天，我们终于进山了。

△ "机来机往"的小镇机场

这个小镇不大，常住居民只有 900 多人，机场却很宽敞，到处都是小型飞机。有人开玩笑说形容这里"私家飞机的数量比当地的汽车还多"。想起在珠峰的时候，我和 6 位夏尔巴，一支小队伍，辗转无奈不得不坐飞机运送人员和物资到 C2，而在这里，停机坪上到处是忙碌的登山者和向导。螺旋桨轰鸣，一架又一架飞机起飞，送人送物资进山，攀登者都坐飞机进到大本营，甚至有人直接飞到高营地，登完顶又从高营地飞回城市。

我的麦金利山登山向导叫 Dan，后来又加入一个人叫 Colby。之前我并不知道 Colby 何许人也。我在吃饭时和他们提起，希望尽快完成这次攀登，但 Colby 没有积极响应我的提议，说到时候再看看，没有特别解答原因。后来，Colby 又主动问我认不认识"Nubo Huang"（黄怒波）。我打电话给朋友黄怒波，才知道 Colby 是阿拉斯加户外学校创办人。我和 Dan 等飞机的这几天，就是在 Colby 的户外学校里度过的。

△ 麦金利山大本营

常规登山者攀登麦金利山，因为需要逐渐适应高海拔，通常需准备 2～3 周的时间。对我而言，这一关可以免去，这是我地球九极项目的最后一站，我刚刚从珠峰下来，不用适应高海拔，向导 Dan 之前也在山里适应好了。我希望能够在更短的时间内完成攀登，从大本营到顶峰，我们准备轻装上阵，只准备了 10 天的食物。

我们的队伍终于飞进了海拔 2200 米的麦金利山大本营。

飞机落在大本营的茫茫白雪上，看着周

围悠闲的登山者，我心情轻松自在。在这里短暂停留，我们开始计划经 C1 直奔 C2。向 C1 行进时，遇到两位台湾人，得知他们因为食物储备不足，在这里待了 15 天没能登顶，只好等待飞机来接他们出山。

麦金利山的高海拔地区，没有任何专用场所储备食物，所有队伍都提前在一块雪地区域统一存放食物。这样，当下山的时候，若食物短缺，还有些备用食物可以应急。大家的食物都储存在一起，种类都差不多，都是些花生等干果、饼干、巧克力、奶酪片、茶包、速溶咖啡、果汁粉、薯片什么的，如果再下雪，四五十厘米厚，东西被埋掉，怎么找？有一个小窍门，就是插根旗标。

有了这个办法，各找各的，很方便。虽然储备了食物，我可不希望来找，因为，如果我们最后落得要靠找补充食物度日的地步，那只能说明我们的快速攀登计划落空了。但谁也不敢保证登顶，Colby 说："麦金利山以往的登顶率是 50% 左右，今年天气不好，登顶率会更低。"

攀登麦金利山，与攀登其他山峰不同：雪多且厚，兼有岩石区，需要变换使用不同的雪地徒步或攀登装备，例如雪橇、手杖、冰镐、踏雪板、雪靴、冰爪、高山靴、滑雪板等，一路换着花样地"玩"，而且，还是"自助游"加"自虐游"，有特别的乐趣。攀登麦金利山和南北极相似，需要每人自己背负和拉拽自己所有的装备和食物。我们虽说是

△ 储物"标签"
▽ 雪地行进装备

轻装前进，但每人携带物的重量至少也有 30 千克。

    路上有很多冰裂缝，大多是暗裂缝，队伍需要结组行走。为了安全，通常在 C4 以下，每个队伍至少要有 3 个人组成。我们的队伍原计划组合是 Colby、Dan 和我，后来 Colby 又叫来了他的熟人 Bace 加入，大家一起"玩"，轻松愉快。

    晚上 8 点，我们路过了 C1。这里已经是全天白天，不需要考虑天黑戴头灯的问题。我们只需要选择在当天最合适的时间出发，在最合适的时间停止就行。今天原计划我们到 C2 再停下来，可是一路大风扬雪，不适宜再顶风前行，我们途中停下来扎营休息。

△ 结组行进

6 月 2 日，到达海拔 3300 米的 C2。平时登山，我这头"旱骆驼"喝水不多。这次轻装前进，我只带了一瓶水。没想到今天路挺长，水喝完了还感觉渴，不得已在路上抓一把又一把的雪放在嘴里解渴。一般情况下我不会这样干。攀登过程中，不建议直接放雪在嘴里，这样容易冻坏口腔的黏膜，如果囫囵吞枣，还有可能冻伤。今天一路闲情逸致，雪在嘴里慢慢化成水，别有野趣。

从 C2 到 C3，行进中要把踏雪板换成冰爪。麦金利山有暗裂缝危险，即使登山者经验丰富，也会被告知，为了保证安全，不建议采用单人无保护攀登的方式。

△ 危机四伏的上山路

现在只剩 C3、C4 还有顶峰。如果天气比较好，我想 4 天内就能登顶。6 月 3 日，到达麦金利山 C3，已经超过海拔 4000 米。

开始体会到麦金利山的冷：白天如果太阳出来，非常舒服。一旦太阳落山，马上寒冷彻骨，每个人都赶紧把大厚羽绒服穿上钻进帐篷里，很少再有人出外走动。晚上，我在睡袋外面不得不又加上了一层防水罩保暖，盖上厚羽绒服，感觉还是冷，不过怎么都比南、北极暖和。

有太阳的时候，营地里也很享受很热闹。有做饭的，聊天的，听音乐的，还有砌雪块盖房子的，甚至还有猛男脱得全裸晒日光浴的，还有人在这个"International Park"里拉着食物到处转，免费"兜售"分发——有些已经登顶下撤的人，因为食物有余，就免费贡献出来给其他登山者。这种不分国界、不分阶层、不分性别的互惠互利行为，让人心里感到特别温暖舒坦。还有那些光膀子晒太阳的人，给我带来一种极度自由感。

△ C3 的雪墙

在 C3，我问 Colby，接下来计划如何？

他不紧不慢地回答："明天在 C3 休息。"

这样的安排，我理解。有 Colby 和 Bace 两个人一起"玩"，他们还需要多一天休息，适应海拔。之前 Dan 刚刚登过一次麦金利山回来，所以他适应海拔不是问题。但是对于我要完成的事情，多停留一天，就意味着多一天不确定。天气时刻在变化，不知道一天之后会怎样。想到这儿，我开玩笑地试探："我们明天试试到高营地如何？"

Colby 果断回答说："你没有任何问题，肯定可以继续上，但我们不能冒这个险。"

"还有一个重要理由，"他想要我知道，"如果你这样去做，就会引来其他登山者去效仿。"言外之意是，作为登山学校的负责人，他必须要提倡科学攀登，不能对任何人搞特殊。

麦金利山的向导们都是这样，有板有眼，严谨有序，极其负责和遵守规则，但一路对我很照顾，这也不要我做，那也不要我做，我并不愿意受到这样的特殊关照。我登山，除了"零垃圾"理念外，还有一个重要理念：攀登本身，就是一个学习严格管理自我的过程，只要是力所能及的事，我都尽量自己做，不让别人代劳。Colby 见我抢着搭帐篷、做饭，干这干那，就说："你明年来做向导吧。"

听了这话，我高兴极了。下一次再来麦

金利山，说不定，我还真可能带一个队来攀登。我还向往与这里的很多滑雪高手一样，滑雪登山。

6月4日，算得上是"度假日"。海拔4000多米的C3，太阳高照，没有风，没有任何"高反"，听着音乐，喝着茶，写着日记，时不时笑脸迎送路过的人，就连上厕所都能坐在塑料桶上晒太阳看云海，简直是太享受了。

早上，和Colby聊天，得知今年的登山者只有20%多登顶麦金利山，而往年通常是50%左右，原因是今年天气变化特别大。听了这个消息，我心情没有太大起伏，我对登顶还是胜券在握。越是接近整体项目的完成，我心里越平静，我已经完全不在乎在这里多待一天或者几天，只求顺其自然很享受地完成自己的预定目标。

下午3点，我们3个人背着所有的装备，结组上到了麦金利山的最高营地High Camp——C4。Bace中途有些"高反"——头痛，走完陡峭的冰壁后，他就返回了C3调整。Colby继续在前带路，我在中间，向

△ C3 难得宁静

△ 平静的突变

导 Dan 殿后。我们把雪橇上的必备物品都装进了各自的背包，我们 3 人的背包都很沉。我背着睡袋、睡袋防水套、垫子、两天的路餐和一些必备物品，他俩的背包还有一些公用物资，更沉。一路都在下雪，几乎没有风，我和 Dan 不用适应高海拔，相对轻松。听 Dan 说，今年这附近有一位女登山者遇难，遗体还没有运下去，我没有继续问，只是没有想明白在这里出事的原因会是什么。

6 月 6 日中午 1 点 30 分，我，Colby，Dan，3 个人出发攻顶。

去往山顶的过程中，非常冷，风太大，脸和耳朵都冻痛了，我们都穿上了厚厚的羽绒服和羽绒裤。

去往顶峰的路没有路绳，变化很大，攀登起来很有难度。第一段是雪坡，我们结组，向导背上了几个长长的雪锥，预备在很陡的地方固定用；第二段在岩石边上行走，接近山崖时有一段很陡的雪坡，走了两三百米的山脊之后，再向上攀登一段雪坡，上完雪坡就是顶峰了。

我已经不关注顶峰在哪里，只是心境单纯得不能再单纯地享受攀登的过程。登山中，登山"菜鸟"或者初级起步者，会很在意某座山的具体线路、营地、海拔、顶峰、坐标等硬指标。清晰描述一座山顶峰的样子和经纬度，连篇累牍地叙述一座山的攀登技术和过程，并不能替代攀登的实际过程，也不能保证按图索骥者攀登成功。登山的成功和收获，相比硬指标，软指标更起决定作用。Dan 有 6 次登顶此山的经验，Colby 曾经 20 次登顶，我根本不用担心顶峰在哪里。跟对

△ 迈向峰顶的最后一步

向导，走对路，错不了。

通往顶峰的最后一段路比我想象的难得多，但也比我想象的更享受：途中每一次的驻足，都有雪山云海做伴；心中，更是有远方的亲人做伴。天气寒冷得似乎没有了温度，但想到，地球九极，一路奔波远行，今天即将结束于此，我内心却已经开始温暖涌动，眼泪悄然湿了眼眶。

…………

2014 年 6 月 6 日晚上 7 点，出发 6 小时后，我踏出了我的地球九极项目的最后一步，踏上了麦金利山的山顶。

放眼四顾，整个阿拉斯加山脉尽收眼底。山峰壮美，人心若莲，浮游云海。

内心喜悦而平静。

登顶麦金利山意味着，我终于完成了我的地球九极项目，只用了 143 天！我很清楚，自己刚刚完成的，绝不仅仅是一项自己的纪录……

从 2014 年元旦出发去南极，1 月 15 日正式从南极点开始计时，到 6 月 6 日登顶麦金利山，这紧张的 100 多天里，我曾在地球七大洲的 7 个最高点上留下身影，也曾一步一个脚印地走到南、北极点。我曾飞越过四大洋，眺望过两个半球的星空，在地球的极点处，思念最亲的人……每一天，每一个风霜雪雨中前行的场景，都深深地印在我的脑海、我的心间。但此刻，我没有太多的兴奋，也没有如释重负般的轻松。我知道——

这远远不是最后一步。

这远远不是最后一站。

我还想着下一站，勃朗峰，下一站的下一站，一定还有许许多多的"山峰"在等着我去攀登……

大滴的眼泪，静静滴落在我的风镜镜片上，模糊了我的视线。

世界变得柔和朦胧起来，万籁俱静。

这一刻，谁能听到我内心的声音？

△ 登顶麦金利山

众 乐 成 诚

勃 朗 峰

欧 洲

勃朗峰　Mt. Blanc

山　脉：阿尔卑斯山脉

海　拔：4810 米

峰顶坐标点：45°50′01″N

06°51′54″E

对我来说，高高的山峰是一种感觉。

——[英]乔治·拜伦

>> 2014年6月12日，我和朋友们一行共21人，一起准备攀登欧洲西部的最高峰勃朗峰。之前的3月，我曾经到过勃朗峰，是想滑雪完成攀登，因为当时天气恶劣，不得不放弃而转去北极。

地球九极项目，一路上，我一直一个人走。我想，最后这多出来的一站，我应该和大家一起分享登山旅程的艰辛与快乐，独乐乐不如众乐乐。

带上我的梦，也许还能成就更多人的梦。

微信上一发布，就有很多人响应。于是，大家一起，登勃朗峰。

非常感谢所有陪我一起走过地球九极的朋友们。

众乐成诚。

△ 2014年6月13日，21人攀登勃朗峰，7人登顶

静静致极

△ 众乐成诚

南极点到达证书

文森峰登顶证书

阿空加瓜山登顶证书

科修斯科山登顶证书

乞力马扎罗山登顶证书

查亚峰登顶证书

厄尔布鲁士山登顶证书

北极到达证书

珠峰登顶证书

麦金利山登顶证书

勃朗峰登顶证书

后记

静生万物

静静致极

在这个绚烂多彩的夏天，我去潜水了。

五彩斑斓的海底世界波光荡漾，在水底仰望水面穿梭的鱼群，好像鱼儿正在追逐天堂之光，畅游宇宙。我追随着绚烂奇异的各种"美人鱼"，在海底冥想游离，海水清透，此刻的自己，已忘了一切，不再纠缠于生活琐碎、爱恨情仇，心与万物都没有了距离，只想情不自禁地随鱼儿游啊游，游向世界尽头……

突然，一股强烈的洋流袭来，我被一下子拽得倒立起来，甩拍在海底断崖的石头上。我紧紧抓住石头，趴在崖壁上一动也不敢动。等反应过来，才一点点试着攀爬移动。后来，潜伴们形容我当时的海底挪移，"这不是海底珠峰攀登吗！"

海底世界的神秘，永远超出想象，每一次入水都带给我惊喜。我被各种神奇鱼类和海底奇观所吸引，往往忘记了大海潜在的风险。有一次，我进入了冥想状态，一心就想随鱼儿游向无尽的远方，直到寂静的大海深处，回归与世无争的平凡。

2014 年用时最短完成地球九极项目后，我又开始潜水和跑马拉松，甚至想过去太空。

2016 年 1 月 1 日，为追逐祖国新年的第一缕阳光，在中国陆地最东面的抚远，我参加极寒马拉松，在全程 42 公里零下二十几摄氏度的长途赛跑过程中，体验了寒冷失温而濒临死亡的困境，最终坚持到终点。我知道，成绩于我不重要，这是一次与自己的赛跑。

经常有人问我：你登世界最高峰，到地球九极，上山下海，又跑马拉松，还有什么你做不到的？

我心里的答案是——

山有多高，可以丈量；水有多深，亦可丈量；路有多远，也可以计量。唯有人生的高远、纵深，永无止境。我用时 143天完成了地球九极项目，但这个纪录只是一个数字，一个节点。

山怎能爬得完？

海怎能见到底？

路怎能走得尽？

如果心不静，或者心无境——

登高未必能望远。

深潜未必能泅渡。

上路未必能参修。

正所谓——

道生一，一生二，二生三，三生万物。

道生梦，梦生灵，灵生静，静生万物。

于我，静，是人生第十极，永无止境……

感谢地球九极的有缘相聚，感谢各探险团队及向导的支持协助，感谢亲友们的一路相随，感谢路上遇到的诸事与各种声音，这些都是更好成长的源泉与动力。

当完成这项几乎不可能的挑战，我才感悟到：

山怎能爬得完？

海怎能见到底？

路怎能走得尽？

王静

2016 年 3 月 19 日

图书在版编目（CIP）数据

静静致极 / 王静著. — 北京 ： 北京出版社，
2016.6
ISBN 978-7-200-11947-3

Ⅰ. ①静… Ⅱ. ①王… Ⅲ. ①探险②野外 — 生存
Ⅳ. ①G895

中国版本图书馆CIP数据核字(2016)第050552号

静静致极 　王静 / 著
JINGJING ZHI JI

出 品 人：乔　玢
策划编辑：马　力
责任编辑：司徒剑萍
统　　筹：司徒剑萍
书籍设计：张志伟　纸墨春秋设计工作室
责任印制：宋　超

出版发行：北京出版集团公司
　　　　　北 京 出 版 社
　　　　　地址：北京市西城区北三环中路6号
　　　　　邮编：100120
　　　　　网址：www.bph.com.cn
　　　　　北京出版集团公司总发行
　　　　　新华书店经销
制版印刷：北京雅昌艺术印刷有限公司
开　　本：787毫米×1092毫米　1/16
印　　张：20
字　　数：160千字
图　　片：200幅
版　　次：2016年6月第1版
　　　　　2016年6月第1次印刷
书　　号：ISBN 978-7-200-11947-3
定　　价：98.00元

质量监督电话：010-58572393